绿窗寄语

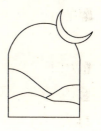

谢冰莹

著

天地出版社 | TIANDI PRESS

谢冰莹，早年与陈天华、成仿吾一同被称为新化"三才子"。她是中国近代史上第一个女兵，也是中国历史上第一个女兵作家，擅长小说与散文，写作风格细腻真挚，忠于自己，所以能深深地感动他人。

谢冰莹一生出版的小说、散文、游记、书信等著作达80余种，近400部，2000多万字。代表作有《女兵自传》等，相继被译成英、日等10多种语言。

本书是谢冰莹最受欢迎的散文集之一。它收录了作者与读者、朋友间交流的书信，这些书信探讨的主题：有指引青年出路的，有给女性朋友的私房话，有文学创作的经验谈，有解决情感问题的独到见解，有论述写作技巧的，也有简单的书评……种类五花八门，涵盖范围很广，其中大多可反映出当时的社会风气与时代背景，这些文字从写成到现在虽然已过了很多年，但仍充满着历久弥新的金玉良言。这种书信体的呈现方式，使得作者就像个朋友般，用她丰富的人生阅历，用认真且关爱的态度来回答每个疑问。她的文字朴实无华但情真意切，如拉家常娓娓道来，让人倍感亲切和温馨，故可以打动最普通的读者群体。

然而，该书写作的时间距离当下已有几十年，由于时代和地域的局限，书中存在个别的旧提法，行文风格也与当下有很大差别，加之台湾地方方言的使用，这些都给读者的阅读和理解造成一定困扰。但毕竟它属于名作家的经典著作，这次重新出版我们充分尊重作者本人的用语习惯和当时语言表述的习惯，对文中涉及的一些有关名著的译法和人名、地名的使用，都没有改成现在通行的用法，只对个别旧提法加了脚注做说明，并对明显错讹予以修订，对一些异形词进行了修改，如"胡涂"改为"糊涂"，"一枝笔"改为"一支笔"，"洽当"改为"恰当"，"山青水秀"改为"山清水秀"，"象样"改为"像样"，"那"改为"哪"，等等。对个别不合时宜或表意含混的内容予以删除，以省略号取代。

书中修订如有不妥之处，敬请读者朋友们批评指正。

　　自从《绿窗寄语》绝版以后，就接到许多青年男女读者来信，他们询问为什么各书店都买不到这本书？为什么不再版？

　　有时我也真想重新修改一遍，使它三版问世；可是觉得过去的文章，就让它过去好了，等有了新的作品以后再出书吧；这样，一拖就是十几年。

　　这是一个偶然的机会，吴光华校友，在东海中学担任教务主任，两年前，他请我去他的学校讲演，该校的汪祖华校长，又是留日的老学长，讲演完后，我们随便谈到学校办刊物的问题，他们两位很有兴趣，并且不久后就发行了《东海青年》的创刊号，来信嘱我每期给他们来一篇专栏，限定字数在千字左右，内容是有关读书、写作与做人方面的。

　　除了自己编报纸副刊和文艺刊物，写过方块文章而外，我已经有二十多年，不弹此调了，这时我想推辞；但光华逼稿的本领，是相当大的，不是骑了摩托车，亲自来讨债，便是一天两次电话，逼得我不能不写，这就是从《谈立志》开始以后的《绿窗寄语》，继续写下去的原因。

现代的青年，有许多苦闷，最重要的是出路与恋爱问题，所以在这两方面，我谈得比较多。老实说，他们的所谓苦闷，有许多是无病呻吟的，只要放开眼界一看，社会上有多少不如我们处境的人，有多少在艰难困苦中奋斗成功的人，便知道自己实在是太幸福了；尤其在祖国遭遇到空前困难的时候，青年朋友们更应该时时刻刻想到怎样敦品、励学，做一个顶天立地、力挽狂澜的民族战士。

朋友，当这本小书呈现在你面前的时候，希望你就像和我对面聊天一般，不客气地把你的宝贵意见告诉我，让我知道我们之间是否有相同的思想和感情。

本书的前半部，完全是过去的《绿窗寄语》，后半部是新写的。

朋友，对着这无边无际、海天一色的太平洋，我祝福你们前程万里，永远健康！

一九七一年八月二十六日于复旦轮

/

原

序

/

　　远在六年前，武月卿女士主编《妇女与家庭周刊》的时候，她就向我索稿，希望我写一些有连续性的东西给她。于是我开始用潜斋书简的体裁，给她写短篇文字。信中的主角，有的是我的朋友，有的是和我通过信的读者，她们不以我的文字草率拙劣见弃，反而源源不断地给我来信，询问许多有关读书与写作、恋爱和结婚的问题。记得当第十封信《和女孩子们谈写作》（这是编者改的题目）发表的当天下午，我就接到方常馥先生在火车站写的信，他的热情实在太使我感动了；在一个月之间，我收到了一百二十七封信，每封信我都再三看过，有的我直接回信，有的我想公开答复。谁知后来编者到苏澳[1]养病去了，我寄出的那篇《关于十个问题的答案》，始终没有发表（后来改登《火炬月刊》），使我失信于读者，这是我有生以来做的第一件有头无尾的事，至今引为遗憾；好在

---

[1]　苏澳港位于台湾地区宜兰县。——编者注

此次出版这本小册子，使我能向六年前的读者有个交代，心里轻松多了。

去年八月，友人姚葳女士主编《今日妇女》，她也希望我每期能写一篇关于介绍名著或者和女青年讨论写作的文章给她，于是我又开始写"绿窗寄语"，可恨为了忙，只写到第十封又停止了；但我并不灰心，仍然想继续写下去。

为了朋友们的鼓励，要我将几年来和读者们通的信整理出版；在静修院我整整花了十天工夫，把四十多篇短文重看了一遍，觉得太平淡了，于是烧掉了一半，剩下这二十二篇，作为我和青年朋友们通信的纪念。

也许是因为我的心永远年轻的缘故，许多男女青年都喜欢和我通信，讨论问题；有好几位女青年，为了读书、就业和恋爱的问题感到非常苦恼，常来找我商谈，我说："你们的遭遇我可以拿来做写作材料吗？""只要不发表我们的名字，非常欢迎。"她们天真地回答我。

朋友，在这本小册子里面，没有高深的理论，也没有美丽的辞藻，有的是忠实的记录、真挚的友情，和我一点读书的心得以及对于恋爱的看法。说不定有人要说我的思想是不合时代的，但我是根据许多人的经验写成了《恋爱与结婚》，虽然那是八年前在北平写的，但今天也许还有重读一遍的价值吧！

最后，祝福亲爱的读者们，各人都有一个光明灿烂的前途！

谢冰莹

一九五五年八月十一日写于潜斋

目 录
CONTENTS

| 绿 窗 寄 语 |

和女青年们谈写作

萍、慧、汉诸位朋友：

真对不住，你们的信收到很久了，我因太忙，直到今天才回信，你们也许会原谅我；但我的心里总觉得对不住你们。

关于怎样写作，要读什么书才能对写作有帮助这一类问题，已经有很多青年朋友向我问过；尤其是武装同志的信特别多，在这里，我先做一个简单的答复，以后有工夫我们再继续讨论。

你们的来信有一个共同点，便是都埋怨自己没有文学天赋，文章老写不好。我相信每人都有天赋，不过有大小不同的区别而已；我又相信不论一个什么发明或者一项事业，只要有一分天才，加上九分努力，便一定可以成功。现在我提出十个简单的问题，请你们答复我：

一、你从什么时候开始对文艺产生兴趣？第一部引起你兴趣的作品是什么？

二、你曾写过多少篇文章？大约有多少字？

三、你知道自己的文章毛病在什么地方吗？你喜欢修改自己的文章吗？

四、你喜欢把写好的文章送给朋友看，或者念给他们听吗？你肯虚心接受别人的批评吗？

五、你在写作之前，曾费了很多时间思索吗？你是先把题材在脑海里打好了底稿才动笔写的吗？

六、这个题材是你最熟悉的吗？如果你想写一篇小说，是先构思故事，然后去找人物；还是先有人物，再去编一个故事呢？

七、写这篇文章的动机，是为了心里有许多话不写出来就不痛快，还是为了练习自己的文章，或者是为了投稿想拿几个稿费呢？

八、如果你把一篇文章投给某个编辑，一连好几次都不见发表，你是灰心呢还是继续写下去呢？

九、中国和外国的文学名著，你看过的有哪些？你从这些作品里得到了一些什么启示？

十、你每次提笔写作的时候，最感困难的是什么？是缺少材料，是词不达意，还是没有勇气？

这十个问题，任何爱好文艺的朋友都可以回答我。从发表这封信起一个月之后，我会将所有来信的答案做一个统计，然后分别地答复。

根据我自己的写作经验，我在没有读过一本关于写作理论的书以前，我就开始投稿了，第一篇是《刹那的印象》，描写我在一位同乡家里看到了一个小丫头，那是一位师长太太买了她来想将来把她升为姨太太的。我因受了刺激，饭也吃不下，就回来写了千字左右的文章寄给长沙的《大公报》副刊，第三天就有结果了，而且登在最前面。那时我真比叫花子拾到了一袋黄金还要快乐，我深怕同学笑我，又恨不得让每个同学都知道这是我写的文章。第二篇，我写了《小鸽子之死》，这是上生物课时，老师要我们四人一组解剖鸽子，我看到那只羽毛洁白的活生生的小鸽子被残忍的同学杀死了，我突然感到伤心；我不能再看到他们拔下毛，剖开它的胸膛，把五脏掏出来——加以研究，我也不知这是一种什么感情，驱使我回到教室去，很快又完成了一篇短文。后来教生物的老师质问我为什么不解剖，我含着眼泪回答他："我难过。"一位同学在旁边讥笑我："她是诗人，有恻隐之心。"我也勉强回答一句："自然喽，恻隐之心，人皆有之。"

从此，不知不觉地我对文学入了迷，整天看小说，随便有点什么感触，就想写下来，从此我和文学结下不解之缘。

怎样写作，我以为这是个简单的问题，只要你的文字写通顺了，你脑海里贮满了写作题材，你有写作的冲动，那么你随时都可以写，不要把它看得太难、太复杂，写了不必一定要发表，更不必想要成为什么作家。只要文章写好了，你就得着了莫大的快乐和安慰，作家不作家，我想根本不值得我们放在心里的。

因此，我以为第一个值得你们注意的问题，还是文字熟练的问题，你们如能畅所欲言，下笔千言，那么写起文章来就不会感到困难；否则，你们就应该多读多写。

朋友，这样的回答，我知道你们不会满意的，那么，等你们的回信来了之后，我们再谈吧。

关于十个问题的答案

自从五月二十三日我那篇短文《和女青年们谈写作》在《妇女与家庭周刊》上发表以来，到今天整整三个月了。起初是因为师院学期考试阅卷忙，放假后，我和孩子都相继生病，接着又是学校考新生，阅卷忙，直到今天才让我把那次的结果做一个有系统的报告，虽然在时间上慢了一点，但我相信朋友们都会原谅我的。

从五月二十四到六月二十五，一共收到一百二十七封信，关于那十个问题的答案，之后还有陆续寄来的，我都按照收到的日期一扎一扎用绳子捆着好好地珍藏在我的箱子里，以作为这次通信的纪念。

　　首先我要向这一百多位读者致谢，在那么炎热的天气里，承你们分出宝贵的时间来写那么详细的信，从自己幼年时代开始爱好文艺起，一直写到现在的生活、现在的创作情形以及关于写作的心得，都尽量坦诚地告诉了我，使我得到了不少益处；使我对未来中国的文坛，发现了比目前更灿烂、更光明的前途。

　　在这些无名英雄、未来的作家手迹里面，我看到了他们的热情与忠诚，他们把文学看作第二生命，从读过的作品里，深深地了解了文学是至高无上的艺术，她能陶冶性灵，启示人生，帮助形成正确的人生观，使失败者不灰心，再接再厉地奋斗；她能反映现实，深入民间，引导青年走上真善美之路……这就是他们对于第九题的第二个答案。

　　现在，我再报告一点统计的结果。在一百二十七封信中，我以一百封先做一个统计：在性别一项，男性六十人，女性十三人，不明性别的二十七人；至于职业，陆军四十二人，海空军各一人，公务员四人，主妇一人，女生四人，中学男生五人，大学生两人，小学教师一人，摊贩一人，不明职业者三十八人。

一、你从什么时候开始对文艺产生兴趣的，答案是：小学时代十九人，初中时代十五人，中学时代六人，高中时代一人，十岁至二十岁十六人，几年前产生兴趣者十三人，近来才产生兴趣者二人，记不清楚什么时候的二十八人。由此可见文学力量感人最深的是在人生的幼年和少年时代，也证明了只有感情丰富热烈的人，才能对文学产生莫大的兴趣。

二、你曾经写过多少篇文章？答十余篇至二十余篇者各八人，两百篇至四百篇左右者各二人，从未写过者一人；至于字数五万字左右者三人，二至三万字者六人，六十万字者一人；每篇字数，一千字以下者十一人，二千字以下者五人，六千字以下者一人。

三、知道自己文章毛病者五十人，不知道者二十八人，有时知道、有时不知道者三十人；喜欢修改自己文章的五十八人，不喜欢修改的十六人，有时喜欢、有时不喜欢修改的二人。

四、喜欢把自己写的文章送给朋友看的五十七人，不喜欢的二十一人，肯虚心接受别人批评的六十一人，不肯接受的两人。

五、在写作之前费很多时间思索的三十五人，不思索的十五人，略思索的十四人，有时思索、有时不思索的三人；写作时打腹稿的二十八人，不打腹稿的十七人，有时打、有时不打的一人。

六、题材为作者所熟悉的三十一人，不熟悉的七人，有时熟悉、有时不熟悉的六人；写小说时，先有故事后有人物的二十八人，先有人物后有故事的十三人，人物、故事同时有的三人。

七、写文章的动机为了心里有许多话不写出来不痛快，与为了练习写作者各三十一人；因感情冲动，同时想练习写作者二十一人；想做文学家者四人；想出风头者一人；勉强挤出者一人。

八、投稿不见发表因而灰心者九人，起初灰心、过几天就好者七人，感到痛苦者一人，决不灰心仍旧继续投稿者五十一人。

九、写作时感到缺乏材料的三十三人，词不达意的四十一人，没有勇气的十二人，文思紊乱的四人，写小说感到起头难的三人。

看了诸位热心文艺的青年朋友们的来信以后，我有三点感想：

第一，凡是书看得愈多的，他们的文字也愈流畅，他们的态度也愈诚恳。

第二，他们感到最苦痛的是找不到书看；而且也不知道哪些书应该看，哪些书不应该看，这是一个值得大家注意的问题；如果报纸、杂志上专辟一栏介绍中外名著，我想这一定比散文、小说还要受到热烈的欢迎。

第三，此次答复问题的以武装同志最多，可见武装同志特别爱好文艺，特别需要精神食粮！

我真不知要怎样描写我的快乐和感谢才好：一位青年朋友在上火车前买了一份报纸，看到拙作，立刻在候车室写了一封信给我；还有一位右眼开刀，蒙上了纱布，就用一只眼，写了一封千余字的信，他们都希望我个别回信；可是为了忙，不能很快奉覆，这是很抱歉的。

最后我还要特别感谢金晶女士，这些统计都是她花了三天三夜宝贵的时间做出来的。

怎样搜集材料

许多爱好文艺的青年朋友喜欢写小说，只是缺乏材料；其实材料是很多的，到处都是，你在一天里面，不论自身遇到的、见到的、听到的、想到的事，其中有许多便是写作材料。

今天，我们就来谈一谈这个题目。

首先说到作品材料的来源，大概可分为下列几种：一、个人的生活经验；二、人类共同的生活经验；三、社会变动时的特殊生活经验（例如抗战、戡乱、世界大战时的特殊生活经验）；四、人与自然的关系；五、搜集报纸、杂志上有文学价值的人物和故事材料；六、从朋友口中听来的故事，或由一个特别的人物而想出一个故事。

如果你想写历史小说，那更需要多搜集关于这个人的一切数据。例如《阿里山风云》是一部电影片子，我们可以用同样的题材写成小说。在我们没来台湾之前，很多人不知道吴凤这个名字，更不知道他有这种杀身成仁以感动番[1]民的义举，到了台湾，才知道他是一个这么伟大的人物，自然可以把他当作作品里面的模范典型；不过我们对于历史上的人物倘若了解不够深刻，还是以现实材料来写为宜。我们要多方观察事物，深刻地体验生活。搜集材料的时候，必须完全像一个新闻记者一样，随时带着笔和小本子，在公共场所记录与创作有关的各阶层的人物、语言、面貌、服装及其表情；特别要随时随地记录人物的对话；至于你游过的山水名胜，以及各地不同的风俗习惯，更要详详细细地写在你的笔记本上，以为写作时的参考。有时，你也许会偶然想到一个人物，或者一个故事，那么赶快用笔记下来，免得一下又从脑海里消逝了；还有，

---

[1] 番：旧称少数民族或外国。——编者注

你所到过的地方，不论市镇乡村，把那些比较重要的街道里巷的名称都详细地记下来，他日你写起小说来时，不知道哪一天就用得着。

托尔斯泰曾在谈创作经验时写道："我写了好多年笔记；但写得并不多，大部分都是记些句子。从前写我看到的风景，然而这些我一次也未曾用过，记忆保存着一切，能起个提醒的作用就得了；不过句子、词儿，是必须记录的，有时由于一个词或者一句话，就能产生一个人物的典型出来。"爱尔兰裔日本作家小泉八云也说过："只有靠刻苦的努力，才能使作品成功。"的确，写笔记是一件很艰难、很琐碎的事，而且要有恒心；如果能做到将所见所闻随时随地记下，那么写起小说来就不愁没有材料了。

在军队中的武装同志，他们的生活经验太丰富，到过的地方也比普通人多，他们只要文字方面有基础，我想一定能写出不少动人的文章。

怎样处理题材

常常接到许多武装同志来信说："我在军队里生活了十多年，我到过许多地方，经历过数不清的战役，我脑子里装满了写作的材料；但我不会处理，我不知道究竟是写小品文难呢，还是写小说难。"

那么，现在我就来和诸位谈一谈怎样处理题材吧。

在搜集材料的时候，自然是越多越好，只要你认为有写作价值的，统统可以记在你的脑海里，或者写在笔记本上。等到开始写的时候，第一步要经过一番选择，首先你要问自己：平时我最欢喜写那一种文体？小说、诗歌还是小品文？决定了写什么后，再问问自己为什么要写它？是不是因为这个故事曾经感动了你，这个人物太好或者太坏，你要把他描写出来，使读者也和你一样尊敬这个好人，厌恶这个坏人？这个人或者这个故事在你的脑子里占据了许多时候，其时时刻刻在催促着你，刺激着你，你如果不写出来，就会感到头昏脑涨，就会感到好像骨鲠在喉，不吐不快；于是你立刻坐下来拿起你的笔，沙沙地在纸上写着。这时你的热情如火，你不假思索地只管信笔写去，心里想到哪里，笔尖就写到哪里；不错，这是热情奔放的文章，也是有毛病的文章。毛病在哪里呢？就在你没有经过一番选择，你把琐琐碎碎、拉拉杂杂的文字一股脑儿都写了进去，你认为每一事都有文学的价值，每一个人物的语言都是有趣的；如果这样，你未免太主观，也太武断。写文章，假如不是给别人看的，那么，你随随便便怎么写都行；倘若你想发表，或者不发表，仅仅为了练习而写作，也应该在写完之后给你的好朋友看一看，请他客观地评价一下你这篇文章究竟写得好不好，有些什么毛病，描写得过火吗，叙述得太噜苏[1]吗，形容词用得恰当吗，全篇的结构是紧凑还是松懈。万一你怕羞，初次写了文章不敢给朋友看，你自己也要扮演一个读者客观地欣赏一下自己的文章，你要吹毛求疵地寻找文字的缺点，丝毫也不要客气；因为过于爱惜自己作品的人，终会给别人严格地指摘的。

　　方才说过，没有经过仔细选择题材，而只凭着兴之所至写出来的文章是杂乱无章的。在选择的时候，我们要像沙里淘金似的把许多无用的渣滓筛出来，只留下一点精华。我们要像一个园丁，把那些枯叶干花剪掉，哪怕只剩下两瓣绿叶衬着一朵红花也是好的。记着，千万不要贪多，只要精彩的。那些半个月可以写出二十万字长篇小说的所谓多产作家，我是从来不佩服的。他们不是抄袭别人的作品，便是千篇一律地以青年男女的恋爱故事或者传奇故事来骗取读者的金钱，这绝不是我们从事文艺工作者应有的态度。一个忠于艺术的人，他要像一个忠于革命的先烈，他要把整个生命、全副精神寄

---

[1] 噜苏即啰唆。——编者注

托在艺术上，一点儿也不马虎，一点儿也不苟且。

现在，我再具体地和武装同志谈一谈处理军中题材的方法。

首先我得告诉你：写小品文比写小说稍微容易一点，写小说要讲究结构、故事、人物、背景、技巧、主题等。写小品文虽然也要讲究主题、结构、背景、描写……究竟没有小说的复杂，没有像小说一般的限制严格。题材不论大小，只要你认为有写文章的价值，你就可以信手拈来，便成佳作；不过你在下笔之先，同样要经过一番选择，你要确定一个主题，你要先问自己写这篇短文，是为的抒情呢，写景呢，还是叙述某人的事迹呢？朱自清先生是我国有名的小品文作家，现在我们就拿他的文章来举个例子：他的《背影》是抒情的，《荷塘月色》是写景的，《给亡妇》是叙事的。然而抒情、写景、叙事这三种笔调往往成了三位一体不可分离的；不过所含的成分有多少不同而已。

决定了你要写哪一种文体，或者说，你最长于写哪一种文体，那么，你就向这方面努力，只要不灰心，肯虚心学习，没有不成功的！

好！现在再回到小说上来，假设你最喜欢写小说的话。

你在军队里十余年，所搜集的材料当然也是属于军队方面的，那么好极了！一般会写文章的人，大半都没有军中生活的经验，要他们去写一部描写战争的小说，真是比要盲人辨别色彩还困难。我常常羡慕军人，世上只有他们的生活最充实、最有意义，他们走过不止万里路，读过不止万卷书。但我在这里要加一个批注，他们所读的书，不是铅字印在纸上的书，而是经历过各种酸甜苦辣生活的书。在战场上，他们的神经整天兴奋，整天紧张，他们在炮火连天中过着血肉横飞的生活，这时候，他们的生命是最短促的，可也是最有意义、最伟大的。同是牺牲在火网里的生命，只看他是否为真理而战，为大多数人民的幸福而战，为自由民主而战。如果是的，他虽然牺牲了躯体，但其实他的生命并没有死，我认为生命的真正意义是精神，是灵魂，而不是躯体。

在战场上，他们的生活是壮烈的，也是艰苦的。他们两三天不吃饭是常事，肚子打穿了洞，肠子流出来，口里还在高喊着：杀！杀！杀！或者人已死了，手里还紧握着手榴弹，也是常有的事。有时候，大炮轰隆轰隆地把房子打得像地震一般摇动，也许这时正有几个弟兄在围着一盏菜油灯，四两白干，一包花生米，他们在津津有味地喝着、吃着、谈着；有时在行军的跋涉途中，身体实在疲倦得不能动弹了，忽然你面前出现了一个奇迹：你看到一条瀑布从山巅倾泻而下；或者一幅日落，晚霞，云海的奇景，你一定会尽情地欣赏，暂时忘记了疲劳；有时你驻扎在一个山清水秀的乡村，偶然和一位纯朴的乡下姑娘发生了爱情，但上边有命令马上要你移防到遥远的地方去，这时你一定感到万分痛苦，无限矛盾。这些都是你写作的好题材。究竟如何去选择呢？朋友，我再简单地告诉你：在你所经历过的大小战役里面，哪几次打得最激烈？哪些人牺牲得最悲壮、最惨痛？你有受伤的经验吗？如果有，你当时以及伤愈后的感觉怎样？你所到过的那许多地方，什么地方风景最美？人情风俗最好或最坏？你接近过的那许多男人、女人、老人、小孩，谁给你的印象最好、最深？有些什么故事使你听了感动，值得你把它写出来的？那么你就好好地把要写的材料分类整理一番，哪些宜于写篇小品文，哪些宜于写篇短篇小说或者中篇小说。你先把大纲、人物表列出来，然后按着何者先写、何者后写的次序写下去。写的时候千万不要写一句改一下，写一句看一遍，那样你会写上一天，也完成不了五百字；你既然下了决心要写这篇文章，而且情感逼着你非写这篇文章不可，你就只管毫无顾忌地写下去，等到写完之后再来仔细修改。以我的经验，最好写完后把文章收在抽屉里，让它休息一两天再取出来一遍二遍地修改；因为在你刚写完的时候，精神已经疲倦了，即使能勉强支撑，也是改不好的。

阅读与写作

恒春君：

你问我"阅读与写作究竟有什么关系呢？最初的学者，他们没有读多少书，也能写出很好的诗歌和文章；而现代的人整天看报看书，为什么反而文字不通呢？"这是个很有趣的问题；不过，你也曾想到人类的智慧是有"智"和"愚"的区别吗？中山先生把人分为"先知先觉""后知后觉""不知不觉"三种，我们普通人都属于第二种，因此需要多多接受先知的学问。

爱好文艺的人，都不是傻子，总有几分天才；可惜有些自作聪明的人，反而被聪明所误，那就是他们看不起前人的作品，连举世闻名的杰作，他们也觉得"不过如此，有什么了不起呢？"这种心理，自然是根本错误的！我是个绝对相信阅读与写作有极大关系的人，我从看施耐庵的《水浒传》，和莫泊桑的《项链》、都德的《最后一课》开始，便感觉像有一把神话中的钥匙，启开了我的智慧之门，我从此狂热地爱上了文学。我发誓：只要身边有钱，决不买吃的、买穿的，先买书来读了再说；这种决心，一直到今天还保存着。我认为书看得很多的人，他的文字一定通顺；不过有一个大前提，不可不注意：千万要选择那些文笔流利、内容充实的书来看。有些人看了几十年的书，文字仍然写不通，那他一定是囫囵吞枣，没有消化；没有把全副精神放在写作上；没有用批评的态度去阅读文艺书籍，正像一个小孩，整天听一些妖魔鬼怪的故事，试问这对于他将来的学问有什么帮助呢？

你来信问我，跑去书店，看到架子上、桌面上，摆满了各色各样的文艺书籍，不知道究竟要看谁的作品好。你又问我："当你年轻的时候，你是怎样选择小说的？"这问题，你问得太好，太需要了！已经不止你一个提出这样的问题，十几年来，我在学生面前开了不知多少次书目。这次在师院，我和好几位同事共同商量，开了一百六十余部中国和外国名著的书单，给他们研究文学的作参考，可说完成了一件有意义的事。其实世界名著，何止几百几千呢？但如果我们能细细地咀嚼每部作品的情节，吸收其精华，了解作品的题材来源，以及作者的思想、人生观和作品的结构修辞，那么我们即使只看过几十部，也能对我们的写作有莫大的帮助；可惜的是，有些人看了一辈子的书，都是些无聊消遣之作，不但对自己写作与做人方面没有益处，反而有害处，这绝不能怪别人，只怪自己太不知道分辨作品的好坏了。

我在开始看小说的时候，一点儿也不知道选择，只要带有文艺性的，什么都抓来看，举个例子说吧：旧小说里面连什么《芸兰泪史》《雪鸿泪史》《七侠五义》《包公案》《施公案》《牡丹亭》《燕子笺》……不管看不看得懂，对写作有没有帮助，统统找来看；至于著名的《水浒传》《三国志》《红楼梦》等早就看过了。究竟这些作品在我看过之后，得到了些什么印象呢？简单地说来，约分三点：

第一，我奇怪曹雪芹的脑子怎么这样聪明。他不但能够把每人的性格都写得那么深刻，只要读到她的语言，就可以听到她的声音，看到她说话的表情和姿势；而且他把每个人物的服装搭配得那么恰当，完全适合各人的性格。你看他把刘姥姥这个乡下老太婆，描写得多么活形活现，令人看了可笑又可怜！一面描写刘姥姥的穷酸、节俭和受宠若惊的表情，一面描写贾府的奢侈、豪华，成一个强有力的对比，这对比，在电影和话剧中常常看到，而在曹雪芹的笔下，比电影更有声有色。

第二，我奇怪施耐庵描写梁山泊一百〇八名好汉，也个个都是不同的身段，不同的面貌和性格：鲁智深的粗中有细，武松的力大如牛……每个人物都在我的脑子里活动，难道社会上真有这些人吗？这许多地方，都是作者到过的吗？如果没有到过，他又怎么知道得这么清楚呢？

第三，什么《雪鸿泪史》《芸兰泪史》，一些佳人才子的故事，为什么老是千篇一律，一点儿也没有变化呢？

这时，我要感谢我的二哥，他指示了我一条文艺的正路，他说："你先列一张你看过的小说名单给我看，然后我告诉你哪些是好的，哪些是坏的，哪些是有害的，你首先要问自己究竟在小说、诗歌、小品文、戏剧这四种体裁里面，最喜欢看的是哪一种。"我立刻回答他："我最爱看小说。"

接着他告诉我看小说也应该有个选择，例如抒情小说、社会小说、革命小说、侦探小说……我当时最爱看抒情小说和革命小说，于是二哥介绍我看《茵梦湖》《少年维特的烦恼》《茶花女》《罗密欧与朱丽叶》《曼殊六记》……在这些哀情小说与戏剧里，他告诉我如何去发现问题，如道德问题和社会问题。他又说："你既爱看小仲马的作品，那么就可以把他的《金钱问题》《私生子》《一个放浪的父亲》《妇人之友》……找来看，然后再研究他父亲大仲马的《三剑客》《基督山恩仇记》《拿破仑一世》等；你爱看莫泊桑的小说，就应该知道他的老师福罗拜尔[1]的《波华荔夫人》《情感教育》《圣安东尼的诱惑》，再进一步去研究左拉、巴比塞、罗曼·罗兰、都德、巴尔扎克……他们的作品，如此，把一国一国的名著尽量多看，你就自自然然地会写小说了。"

　　朋友，我希望你们也有一个像我二哥一样热心的老师或家长、亲友，指导你们，使你们走上成功之路。

---

[1]　即福楼拜。——编者注

欣赏和批评

英民先生：

你的来信收到很久了，恕我到今天才回信。你说看了十多年的小说，简直记不清有多少部了，有的只记得书名，忘记了作者的名字；有的知道作者，又忘记了书名；也有统统忘记了，仅能勉强记得故事的。你问我究竟应该以一种什么态度去看小说，是只注重故事的好坏呢，还是要注意其他？

当我还是个中学生的时候，我常问同学："这本书你看过没有？""看过了。"对方回答我。"好不好看？""很好！"如果我再问她好在什么地方，她一定说："我说不出，你自己看了，就会知道的。"

　　我总觉得她们的答复，太不能使我满意了。我需要知道一部作品好在什么地方，坏在什么地方；我看小说时，首先注意文字流利不流利，词汇美不美，描写得是否入情入理，不含糊也不夸张；其次再注意故事动人不动人，发展的情形是否很自然、很合理，人物的个性是否刻画得深刻入微；再其次研究作者的思想、本书的主旨，以及作者所处的时代和社会背景。如果是一部特别好的名著，一定有不少的地方使我们看了感动、兴奋或者悲哀，一定有不少的佳句值得我们抄下来留作参考，那么我们就应该准备许多笔记本子，随时写下看书的心得，抄下那些你认为最美、最有价值的句子，还有作者的生平和他的全部著作。据我所知，在翻译的名著里面，十有八九译者要照例将作者做一个很详细的介绍，这篇文章能帮助你了解作者和作品的思想，应该先看的；但也有些译者一知半解，译出来的东西，与原文大不相同，是常有的事；假使外文程度好的，自然以直接看原文得益最大。

　　我们看小说的人，大都像看电影一样，当时只用欣赏的心情在看，看后并没有用批评的态度去研讨：究竟这部作品使我受到感动的是些什么？描写失败或过火的是什么？为了方便起见，我且举两个例子来说吧。

谁都知道，赛珍珠女士是美国一位著名的女作家，她的《大地》和《儿子们》在中国早已有译本，而且在美国已摄成电影上演；可惜我只看过小说，没有看《大地》的电影。我至今还在想着阿兰杀牛的那一个镜头，不知表演了没有？那是非常有趣而令我怀疑的一段描写。作者写王龙一家人饥饿到了快要死亡的地步，不得不忍心把一条老耕牛宰了来吃；于是王龙的妻子阿兰，跑去厨房，拿了一把菜刀，一下就把牛杀死了，她用碗将血盛了，把牛皮剥下来，把肉烧熟，大家抢着吃，一会儿什么都吃光了，连骨髓也敲出来吃了，最后只剩下一张硬硼硼的皮，晒在竹竿上……

这里，我们有几个问题：

第一，一个女人是否能单独地杀死一条[1]牛？

---

[1] 一般都说"一头牛"。此处为尊重作者用语习惯，故未改。——编者注

即使那条牛饿得奄奄一息了，起码也需要两个人。（杀一头猪，也得两个人；而且牛血很多，绝不是一只碗可以盛得下的）为什么王龙和他的孩子们都不来帮阿兰杀牛，是否他们都饿得不能动弹了？

第二，一条老耕牛是相当大的，至少也有三四百公斤重，即使是十多口人的大家庭，也得吃好几天才能把肉吃完，怎么可以一会儿工夫就把牛吃得干干净净呢？我们先抛开肉不说，就拿那些牛肝、牛肺、牛肚、牛心、牛肠……来说，也够他们吃上两三天的，这里的立刻吃光，不过是想形容他们饥饿得太厉害，其实谁都看得出，这是过火的描写。

第三，一把菜刀（也许是生了锈的）真的能把一条老耕牛杀死吗？牛皮那么厚，那么硬，绝不是杀一只鸡可比，杀鸡尚且要把刀磨快，要有胆量，要有经验。（我曾看过杀不死的鸡那种痛苦挣扎的情形，实在可怜极了。）中国有句俗话："杀鸡焉用牛刀。"可见杀牛、宰猪是另有一种尖形的钢刀（约二尺长，形如刺刀），绝不是普通的菜刀可以杀得死的；不过阿兰既非屠夫，自然没有"牛刀"，那么，也应该叙述一下她先把刀子磨快，然后丈夫帮她把牛用绳子绑起来再动手宰杀。这段文字，我很想找出原文来对照一下，如果译者没有错误，那一定是赛珍珠女士根本没有看过宰牛，而只凭想象写的。虽然这是小节，用不着我们小题大做，可是我们看小说的人，若不细心体会，不随时具有怀疑的态度，那么阅读对于我们，又有什么益处呢？

又如在一本新诗集上看到一句"深深的，一条古老的巷子里，住着七八个人家"。此处个字也不妥。当时就有朋友对我说："七八户人家的巷子是很浅的，怎么可说是深深的呢？"我很认可他这种看书认真的态度。因此，我们看小说，不但要欣赏作品的美，也要评价它的好坏是非才对。

怎样写书评

朋友：

你问我看过一部文学作品，应该怎样写介绍文字或者书评。这问题，似乎过去我曾回答过一位青年朋友，今天不妨再谈谈。

写书评的方法很多，往往随着个人的兴趣而有各种不同的写法：比方有的喜欢把一部小说的故事，像电影说明书似的写下摘要，往往一部二三十万字的作品，他用数百字或千余字把它介绍出来；有的人喜欢用批评的眼光来写他的读后感，对于作者的思想、作者的技巧、故事的内容，他都有很详细的批评；还有些人，喜欢把书里的好句子抄下来，在每一章每一节的上面，用提纲挈领的方法把要点依着顺序写出来，以作自己写文章的参考。

那么究竟这三种方法，哪一种是对的呢？我以为各有各的好处，最好你写的时候，能把这三种方法同时采用。这儿，我先举一个例子说一说：假使你已经看过歌德的《少年维特的烦恼》，现在我就和你谈谈这本书的读后感怎样写法。

首先，我要问你：当你看过这本书的时候，在你的内心发生一种什么感想？你是同情维特呢，还是责备维特不应该爱恋夏绿蒂呢？你是责备阿尔伯为什么没有牺牲的精神不把夏绿蒂让给维特，还是责备夏绿蒂根本不应该接受维特的爱呢？你是同情他们三个人里面的哪一个，或者他们三个人的处境你都同情呢？

这里，要请你将看了这本书所发生的感想详详细细地写出来。写的方法，首先把书中的故事大概介绍出来，然后再写你的感想，不管你是同情书中的主人公，或者是不同情他，你都不能用简单的几句话写出来，你必得把同情或不同情的理由充分地说出来，才能让读者了解你的思想；如果你是同情维特的，书中一定有很多句子是你很高兴看的，那么你不妨抄写几小段或几句下来，以供没有看过这本书的人作参考。

一篇完美的书评应该注意下列各点：

一、全书的大意。二、结构、修辞怎样？三、描写的技巧怎样？四、作者的思想。五、作者写这本书的时代及社会背景。六、本书的出版处及价格，何年何月发行？

关于第六项，是写书评的人应该特别注意的；从一到五，是写普通读书笔记的人，需要遵守的。朋友，你说读书笔记不容易写，我的回答刚刚相反，只要你的文章写通了，而对于看过的书又统统能够了解，那么，你就可以很容易地写出自己的读后感来。我以为第一步，你还是先从练习写作下功夫，有时间的话，一星期至少写三四篇，书中如有艰深难懂的地方，看一遍看不懂，你可以看第二遍、第三遍。

同是一个作家的作品，有的难懂，有的容易懂，比方：《浮士德》和《少年维特的烦恼》比较起来，前者自然难懂多了，能够看得懂《少年维特的烦恼》，未必能懂《浮士德》，因为这两本书的情调、写法和内容完全两样，你要很耐烦地多读几遍，细细咀嚼，才能了解其哲学意味。

最后，还有一点要特别注意的是你评价一部作品，一定要很客观地根据书的内容去写，不可凭着自己主观的感情对作者故意攻击或者盲目恭维，因为你的书评是研究作品，而不是攻击私人。

怎样写游记

说来惭愧，我虽然是个爱游山玩水的人，名胜古迹也见过不少，可是我并没有写过一本令自己满意的游记。

游记在文学里面所占的位置，虽然不及小说能引起读者的兴趣；但它比起戏剧小品文来，更受到人们的欢迎。过去旅行社出版的旅行杂志，销路很好的原因完全在于吸引了一批有山水嗜好的旅客，在台北因为地方太小，写来写去，总是碧潭、日月潭、阿里山、狮头山……这些地方，不像在大陆似的东南西北各省有各省不同的风景、风俗习惯以及风土人情，看起来一点儿也不觉得雷同或者单调。

一个人爱好山水，就跟他爱听音乐、爱好美术是一样的，不管他是做官的也好，经商的也好，如果知道某处的风景很好，某处有名胜古迹，在他的经济力量许可之下，他没有不想去游历的；同样的理由，喜欢游览名山大川的人，也就是爱写游记或者是爱看游记的人。

　　从我读陶渊明的《桃花源记》、柳宗元的《永州八记》、苏东坡的《前后赤壁赋》开始，我便热烈地爱上了游记。《西游记》《镜花缘》《徐霞客游记》《老残游记》《爱丽思梦游奇境记》《鲁滨孙漂流记》，这些在中学时代就看过的书，直到今天我还在看、在研究；尤其《老残游记》写得实在太好了，不但写景如画、叙事生动、抒情深刻，写人物栩栩如生，全部游记的内容实在太丰富了！可以当作小说看，也可以当作诗歌朗诵，可以改编为剧本，也可以把每篇画成各种各样的图画。例如大家都念过的"黄河打冰记"这一回，你看它描写得多么有声有色！黄河上游的冰和下游的冰不同，水流动的冰与平水的冰又不同；溜河的冰"仍然奔腾澎湃，有声有势，那走不过去的冰，挤到两边平水上的，被乱冰挤破了，往岸窜出，有五六尺远，许多破冰积起来，像个插屏似的"。这一段作者描写得多么细腻，多么壮美！接着他写月光照着积雪的美，以及看到北斗七星移转的迅速，而想到光阴过得太快，由"维北有斗，不可以挹酒浆"而讽刺当时的王公大臣只做官不做事，他们那种"只是恐怕耽处分，多一事不如少一事"的余毒，至今还保留不少在社会上；最后写老残的感慨，作者没有写他如何伤心、如何难过，只轻描淡写地用冰条和冰珠子来反映他的伤心……

"老残一面走着，觉得脸上有样对象挂着似的，用手一摸，原来两边滑溜的两条冰，起初不懂这物那里来的，既而想着自己也笑了；原来方才滴下的泪，天寒就冻在脸上，立着的地下，必有许多冰珠子呢。"[1]从这段文字里，不但能了解老残当时是如何的为国事伤心，而且也能知道北方冬天结冰的苦寒景象。

写游记，如果能写到老残这种地步，那就可说

---

[1] 与通行版本有较大出入，为尊重作者原意，故未改。——编者注

成功了。

在台湾，四季都可以出外旅行，所遗憾的是台湾四时的风景、气候，没有多少显著的变化，处处是青山绿水，处处有鲜花野草，连庙宇也是差不多的形式；不过，我们如果仔细观察，从平凡中去发掘美景，那么写起游记来就不愁没有材料了。

现在我把游记分成两类来谈谈：一类是导游性质的，一类是专写风景的。前者要把这名胜或古迹的所在地，有多少里，如何去法，写得清清楚楚。例如由台北到日月潭，坐特快火车十二点五十分可到台中，然后搭一点半开的游览车，下午四点五十分可抵日月潭，沿途经过南投、水里几个大站；到了日月潭，当然要写写涵碧楼、龙湖阁等几家旅馆，甚至顺便说一说吃什么比较经济，同时介绍附近的风景，拉鲁岛、文武庙、番社等。如果是专写风景呢，你可以选择一个目标作为你写文章的对象：或者专写日月潭的夜景、晨景，或者写由文武庙俯瞰日月潭拉鲁岛的风景，或者专写番社歌舞团的舞蹈。总之，你要觉得这地方真美，这件事真的感动了你，才把它写下来；否则，勉强写下来，是没有意思的。

我平时最喜欢看游记，因为游记里面有历史、地理、生物等各种常识，也有各地风土人情的记载、人物的介绍，以及掌故趣事。凡是我没有去过的地方，我要知道别人介绍了哪些好山水；假若是游过了的名胜，我也要看看他写得是否太夸张，是否形容过火。记得有一次，我在一本杂志上看见有人写乌来瀑布如何壮观，水声如何洪大，及至我亲自一看，不觉大失所望，这么小小的瀑布有什么壮观呢？那天也没有看到高山同胞的歌舞，倒是我们坐台车经过的木桥摇摇欲坠，低头一望，真叫人心惊胆战，我害怕得满头大汗，说不出话来；除了一篇《乌来鸟》，至今没有写成游记。

我们写游记，要忠实可靠，不要夸张，不要故意锦上添花。如果明明是一处最平凡的地方，你硬把它描写成比桃花源还美的仙境，别人去过的，自然会骂你胡说八道；没有到过的，将来有一天他上了你的当，也会大骂你的。

还有一件事，也是写游记的人要注意的：无论你去什么地方旅行，一支笔和一本笔记是不能离开你的。记得我游狮头山的时候，我还特地绘了一个简图，由仰高亭上去是劝化堂，再往右是金利洞，左边是开善寺，我都记得清清楚楚。后来回到台北，我写《狮头山游记》的时候，非常方便，朋友说我这篇游记比别人的写得详细；可是我觉得没有去水帘洞，始终是一个遗憾。

喜欢看电影的人，都知道电影里面有远景、中景、近景和特写，写游记也需要分出远景、中景、近景和特写来。有时你所写的目的地并不令你满意；但沿途某处风景优美，或者你的朋友讲了个有趣的故事，你都可以写在游记里，以增加它的余兴。

我怎样利用时间写作

秀妹:

　　你来信称我为姐，而我的年龄确也比你痴长十来岁，那么我就毫不客气地以妹称呼你吧。

　　你的来信没有写出新居的地址，这封信叫我如何投到你的手里呢? 一连好几天，我都在着急，我以为倩君会知道你的新居，问她，她也说不晓得，我想你一定因为太忙，所以忘了告诉我你搬到什么地方，后来忽然想起你说在《妇周》[1]上看到那封写给白的信，那么，这封也只好托《妇周》转给你吧。

---

[1] 即《妇女与家庭周刊》。——编者注

你奇怪我在忙于教课、改卷子、收拾家务的生活里，怎么还能写文章。这问题已经有好几位朋友问过了，我每次都简单地回答他们："尽量利用几分钟的时间，或者牺牲睡眠去写。"现在我且把怎样利用时间从事写作详细地告诉你，或许可以供给你作一个参考。

首先让我把一天的生活告诉你：

早晨六点钟就起床，给孩子们用剩饭煮成汤饭吃了之后，我和他们一同上学校；十点，我下了课，连手指上的粉笔灰也来不及到休息室去洗掉，就夹着书包搭公共汽车回家买菜，烧火做饭，一直要忙到下午一点，孩子们上课之后，我才有工夫休息半小时。这时我躺在床上翻看本日的报纸，我像一般青年一样最爱看副刊，也像一般老年人一样最关心时事。有时看到汽车压死人、养女自杀等新闻，我会愤恨得把报纸丢下，眼里含着泪，心里像有一团火在燃烧，我不能休息了，这时候我想写文章；但摆在桌上那一大沓作文簿在引诱我，使我不能不静下心来，仔细地为他们修改，连一个标点符号也不放过。四点半又须开始做晚饭了，实际下午只有两点至四点的时间是属于我的，而在这短短的两小时内还有缝衣服、补袜子、洗衣、烫衣、写信、会朋友、抹榻榻米……这些事情要做。从吃完饭到孩子睡觉这段时间是最忙碌的，孩子们听着收音机的音乐在下跳棋、玩弹子，或者静静地做着功课，我和他们的父亲就在厨房里洗碗，准备明天中午的菜，为他们烧水洗脚；九点以后，孩子们都睡了，我开始改卷子、编讲义，或者写文章，这样忙到十二点或一点，累得连眼皮都睁不开了，这才用微温的水洗漱后，往榻榻米上面一躺，就结束了这一天的生活。

秀妹，在这又忙又乱的生活里面，你想我还能写出一篇像样的文章来吗？也许有天才的人是可能的；可是愚拙的我实在太无能了，我的头几乎每天都要痛几次，有时鼻炎发作，整天都痛。我有一个古怪的性格，不到病倒躺在床上，我是从来不请假、不迟到早退的。我写不好文章，本来可以放下笔杆；不过有时为了兴趣，有时为了朋友敦促，我又很自然地拿起笔来在方格子里写着。每逢星期四是师院同学的作文钟点，我每次都利用这个时间来完成一个两千多字的短篇。一星期里面有三个上午没有课，我也可以写点东西；然而大部分时间，还是被看卷子占去了。

至于我写文章特别快，是因为我在脑子里早就打好了腹稿，我的脑子很少有让她休息的机会，我走路时思想，洗衣时思想，做饭、缝补时还在思想，只要一有五分钟或十分钟的时间，我便抽空写几个字，有时一封信也要停三四次才能写完。

秀妹，看了这些琐碎的生活报道，你和一些关心我的朋友，也许会同情我；但说不定有更多的人要责备我没有出息，写一些身边琐事，占去了宝贵的篇幅。

末了我有几句话要劝你：你太消极，至少在最近这封信中，你发了些不应该发的牢骚，什么"走下坡路"，我不承认！我们的生活愈艰苦，愈显得我们的人格清高。秀妹，"疾风知劲草""岁寒知松柏"，我们不是温室里的花草，我们是暴风雨中的古松，是冰天雪地中的寒梅，是华山顶上的华参，气候越寒，生命力越旺盛。我这一辈子，从来没有享受过，也没有梦想过享受，我是个只重精神不重物质生活的人，只要一日三餐粗米饭不成问题，一家人不生病，我个人的生活便感到天大的满足了！

也许你过去的生活太优裕，所以现在的生活感觉太苦，我也了解你的情况，一个人带着两个孩子，受了创伤的心，得不到安慰，你是太苦了！可是你为什么不多写些文章呢？为什么不把内心的苦闷、忧愁痛痛快快地发泄呢？我希望你千万不要灰心，眼睛要向前看，不要回顾！你难道忘了你过去在文学上的成就了吗？你把你过去出版过的几部作品拿来仔细多读几遍。那时你是多么努力、多么勇敢的女性，你替苦难的人叫喊，你为他们描写出一个美丽的远景；你歌颂人生，歌颂真善美……

对于文学，我有一个偏见，我觉得生活愈艰苦，命运愈悲惨，便愈能写出感人的文章，这在古今中外的作家，例子实在太多了，生活太优裕、太幸福的人，即使写出一篇很美的文章，也不会感动读者的。我这种看法，不知你以为如何？

《少年维特的烦恼》

顺贞女士：

　　你的信是我去台南的前夜收到的，本来想在旅行的时候，抽出一点儿工夫来解答你的问题，谁知每到一处，不是忙着看朋友、欣赏风景，便是洗衣服、写日记，往往每晚忙到午夜十二时过后才睡觉。回来又为了孩子们注册上学的事忙，现在趁着距师院上课还有两天的时间，我先来和你谈谈。

　　两个月以前曾接屏东萧昭显先生来信，他也问我："怎样读《少年维特的烦恼》？"正好，我这封公开信，就可以寄给他看，省得我重写了。

　　《少年维特的烦恼》是歌德的第二部作品，

也是他的成名之作。这本书不知赚了多少青年男女的眼泪，连拿破仑在前方督战的时候，口袋里也装着它。多少人曾为读它而弄得如醉如痴；多少学生因为读它误了功课而遭到学校的申斥、记过；在外国，曾经有人模仿维特穿着青色的礼服、黄色的裤子，跑到森林中去用手枪自杀；有许多德国青年穿着维特装，引为无上的光荣，由此你可以知道这一部抒情小说是如何的影响了万万千千的青年读者。

现在我们来研究这本书，首先要了解作者的时代背景，然后再研究他写这本书的动机，最后再说到他的写作技巧。

一、歌德是个大诗人

歌德（Johann Wolfgang von Goethe）生于一七四九年八月二十八日，是德国最伟大的作家，与希腊的荷马、意大利的但丁、英国的莎士比亚并称世界四大诗人。他的父亲是当地的法官，家很富有；但他长大之后，丝毫没有兴趣继承祖先的产业。天赋与他的聪明，都用在研究学问上面；他有多方面的天才，对于哲学、宗教、政治、美术、建筑、历史、地质学、动物学等都有极浓厚的兴趣。他曾经作过《色彩论》，反驳牛顿的学说；还写过《植物变态论》，仿佛有达尔文发明进化论之野心；不过，他的最大成就，还是在文学和哲学两方面。

十八世纪正是德国的狂飙运动时代：歌德和他的好朋友席勒（Johann Christoph Friedrich von Schiller, 1759—1805）都是这一浪漫主义文学运动的创始者。他曾入拉伯即许大学[1]研究法律，取得学位；可是他对法律不感兴趣，由于爱好莱森（德国的大作家）、莎士比亚的作品，以及北欧神话等，不知不觉地走上了文学之路。当他的处女作《戏曲盖志》[2]出版时，世人无不惊异于他的天才，那时他的年龄是二十四岁！第二年，《少年维特的烦恼》发表，他一跃而为举世闻名的大作家，那时候德国也像我国古时春秋时代一般，诸侯割据，各自为王。一七七五年，歌德还只是一个二十六岁的青

---

[1] 即斯特拉斯堡大学。——编者注

[2] 即《葛兹·冯·伯利欣根》。——编者注

年，他就应威马公爵奥格斯德之召，成为威马宫廷的贵宾；第二年，被任为枢密公使馆书记，赋予他对政治的发言实权；后来更由于公爵的推荐，被皇帝育赛夫二世封为贵族。

二、《少年维特的烦恼》

这部书，可以说大半是歌德的自传。主人公维特爱上了朋友阿尔伯的未婚妻夏绿蒂，真是一见倾心，热情如火。不久夏绿蒂和阿尔伯结婚了，他是个忠于职守的公务员，每天只知道上班下班；而对于年轻美丽的妻子，很少有温存安慰的机会。这时维特乘机大献殷勤，他同情夏绿蒂的寂寞，他很想以自己的热情，来填满对方空虚的心灵。至于夏绿蒂呢？虽然也很喜欢维特，但止于纯洁的友谊而已。她是个有贞操观念的人，有一天晚上，房子里只剩维特和她两人，维特情不自禁地抱住她接吻，她立刻责备他失礼而大发脾气，连忙躲进后室，再也不愿意见他。从此维特受到莫大的打击，认为他对夏绿蒂的爱只是单方面的；于是灰心丧气，遂萌自杀之念，终于有一天假借要去打猎的名义向夏绿蒂借了一支手枪，她以为他是自卫，很慷慨地借给他，谁知他的生命，就断送在这支手枪里了！

本书的大意如此，现在我们要问：究竟书中的主角是不是都有其人呢？有的！维特一角有两人分饰：一个是歌德自己，自杀的是野鲁萨冷[1]。歌德的确爱过一位朋友克司妥纳的太太，因为得不到而痛苦万分，正在这时，恰好报上登着野鲁萨冷也爱着一位朋友的妻子，因失恋而举枪自杀。他的灵感一来，便下决心用他们两人的故事合并写成小说，这就是轰动世界文坛的《少年维特的烦恼》产生的过程。

三、《少年维特的烦恼》写作的技巧

凡是看过这本书的人，都知道故事并不怎么曲折，然而非常动人。作者以第一人称做平叙法的描写，由最初维特认识夏绿蒂开始一直到他自杀

---

[1]　即耶路撒冷。——编者注

为止，有时用书信，有时用日记，有时用自白，各种体裁。他的文字是那么流利自然，情感是那么真挚热烈，使人一面看，一面为他感到难过、伤心，眼泪会不知不觉地滴在书上。你仿佛做了书中的主角，有时笑，有时哭，有时叹息，有时沉默。总之，作者的感情、书中主角的感情和读者的感情，完全交融在一起。这就是文学上的共鸣作用，也是最成功的技巧！

可是，假如我们单把这部书当作是一本描写三角恋爱的悲剧来看，是错误的！我总觉得歌德这部名著里面包含着一个道德问题，他虽没有明说，但聪明的读者一看便知。例如夏绿蒂爱她的丈夫，同时也爱维特，只因为认识阿尔伯在先，何况和他已经结了婚，所以不能接受维特的爱；其实她的内心一定是非常矛盾，非常痛苦的。阿尔伯自然最爱的是他的妻子夏绿蒂，同时也爱他的朋友维特，他并不是不知道朋友爱上了自己太太的秘密，然而为了不让朋友难堪，所以只有在心里忍受着委屈。至于维特呢？他在三人里面算是最痛苦的一个！他疯狂地爱着夏绿蒂，也同情他的朋友阿尔伯，他不忍夺取友人的妻子，所以情愿自杀。我们想想，假使歌德把维特写成一个极端自私的青年，他要和阿尔伯决斗；或者用手枪把阿尔伯打死，夺取夏绿蒂；或者偷偷地和她约好私奔，要是这部书真有如此的结构，试问还有什么价值呢？真正的爱、最高的爱是牺牲自我，成全他人，决不能把自己的幸福建立在别人的痛苦上面。我看了感到难过的，是维特向夏绿蒂去借阿尔伯用的手枪，她以为他真的去山上打猎，就含着微笑把枪交给他，当维特的死耗传到她的耳里，那时她的痛苦，就要我们去想象、去体会了。

这本书还是我在读中学的时候看的，算起来已有三十多年了，里面的情节，我还记得一个大概，可惜手边没有原著，不能引几段精彩的介绍一下。

四、歌德其他的著作

最后，我还要介绍几部歌德其他的著作，以作你的参考：

1．《浮士德》是以他青年时代的腹稿为基

础，直至一八三一年，当他八十二岁的时候才完成的一部诗剧。全书分为两部，及《序曲》三篇，共一万一千一百一十一行。内容系描写主人公浮士德与魔鬼作战的经过情形，是一部富有哲学与宗教意味的作品。初看不容易了解，一定要经过两三遍细细咀嚼后，才知道这是一部启发人们向上、为善、奋斗的作品。

2．《歌德对话录》是一部记载歌德言行的作品，由他的得意弟子爱克尔曼所记。（周学普译）

3．《亲和力》（周学普译，正中出版）

4．《梅士特学习之年》（一八二九）

5．《海尔曼与杜罗特》（一七九七）

6．《新诗集》（一七七〇）

7．《意大利纪行》（一八一六——一八一七）

五、歌德的感情

歌德是个感情特别丰富的诗人，可是有时也不免滥用爱情，他好像曹雪芹笔下的贾宝玉一般，只要是女人，一见便爱。例如朋友的太太、牧师的女儿、银行家的小姐、伯爵的夫人，以及酒家女、卖花的姑娘，他都爱过，到七十四岁时，他还在私恋着一个十九岁的少女，给她写过不少情书，恋爱逸事之多，真是不胜枚举。

然而歌德究竟是有作为的，自从由意大利旅行归来之后，他的思想大起变化，由浪漫主义一变而为崇奉古典主义，由主观进而为客观，奠定了德国古典艺术的基础。他的哲学颇为深奥，每一句话都能发人深省，他鼓舞人们向上，努力奋斗；告诉人们真理永远是存在的，恶魔终会死亡的；人要自强不息，才能立足于世界，创造不朽的事业。

信笔写来，时间已不早，只好草草结束。

《娜拉》和《娜娜》

曼清女士:

你的来信是前天黄昏的时候收到的,今天黎明就给你回信,其所以这么快的原因,老实告诉你是为了要限期交作业。我相信世上大多数的人都有这种心理,事情不逼到头上来,是不着急的;试拿我们在学校作文一科来说,老师每一周或两星期要我们作一篇文章,谁都不能偷懒,而一到毕了业,就再也不写了。

你问我:怎样选择小说?《娜拉》和《娜娜》这两部书哪一部比较好?前者我曾经在《新生报》的副刊上发表过一篇文章,不想重说;现在我来回答你第二个问题。

《娜拉》是挪威剧作家易卜生（Henrik Johan Ibsen, 1828—1906）的戏剧，又名《傀儡家庭》[1]。内容描写一位叫做娜拉的女子，嫁给叫做郝尔茂的，他是一个非常自私的男人；对于妻子，他并不是真的爱她，而是要她修饰得很漂亮来安慰自己、娱乐自己。他叫妻子为"我的小鸟儿""小宝贝""小松鼠"……有一次郝尔茂患了重病，医生叫他去意大利疗养，家里拿不出这笔钱，娜拉只好向丈夫的朋友克洛格斯泰借了一千二百法郎；正在这时，她的父亲也害着很厉害的病，她便假冒父亲的名义，私造了一张借款保单。一年之后，郝尔茂恢复了健康，做了某银行的经理；可是克洛格斯泰因有伪造证书的嫌疑，差点被捕。他是郝尔茂手下的一个职员，位置也动摇了，他要求娜拉向丈夫求情，希望他不要把这件事扩大；不料自私的郝尔茂非但不答应，而且要把事态扩大，使克洛格斯泰无地容身，逼不得已，克洛格斯泰只好把娜拉伪造

---

[1]　即《玩偶之家》。——编者注

借据的事一五一十地说出来。郝尔茂也不想想妻子是为了自己的病，而不惜冒险伪造证据借款，在人情上来讲，实在应该原谅；谁知他却把妻子痛骂一顿，不惜用种种毒辣的言辞来刺伤她的心；在另一方面，他又害怕事情扩大了，有损自己的名誉，因此对外严守秘密，及到克洛格斯泰转变计划，愿将伪造文书收回，郝尔茂才突然改变了态度，对娜拉好起来，忏悔自己的罪过。但娜拉这时已完全了解丈夫是一个怎样的人，她要撕破丈夫的假面具，不愿意做笼中的金丝雀、小松鼠，不愿意在家庭里面做一个傀儡。她彻底觉悟了！她要到广大的社会上去做一个自由、独立的人！当她离开丈夫、丢下孩子、毅然决然出走的时候，郝尔茂问她："你就这样抛弃你最神圣的责任吗？"娜拉反问他："你以为我最神圣的责任是什么？"郝尔茂回答说："还待我说吗？可不是你对于你的丈夫和你的儿女的责任吗？"

在郝尔茂看来，女人最大的责任是为了丈夫和儿女而贡献一切，牺牲一切；谁知娜拉是个有自尊心的女性，她除了对家庭应负的责任，还要对自

己负责任，她说："我相信，我是一个和你一样的人，无论如何，我务必努力做一个人！"（《第三幕》）

这是多么有力的句子："我务必努力做一个人！"

是的，女人和男子都是一样的人，为什么她要倚赖男人，做男人的玩偶呢？

读这部书，我们首先应该了解易卜生的思想，他是一个写实主义者，他说："我写作的目的，是要使读者人人心中都觉得他所读的全是实事。"即使是想象中的人物、故事，也要和现实社会里面的人物、故事相同。他反对自私自利、懦弱无能、没有胆量；他反对人有倚赖性、奴隶性；更反对那些戴着假道德的面具、装腔作势，而实际上是男盗女娼的所谓聪明人。在这部作品里，郝尔茂是这种绝对自私自利，为了个人名誉、地位，不惜牺牲自己的妻子和好朋友的典型人物。

自从莎士比亚、莫里哀等逝世之后，易卜生成了十九世纪最伟大的戏剧家，他的作品最重要的有《社会栋梁》《国民公敌》《海上夫人》《群鬼》《小埃育尔夫》等。一八九八年，瑞典和挪威国王为易卜生在克立斯那城建立了一所国立剧场，剧场的前面，还铸着易卜生和他的好朋友般生两人的铜像，可见欧洲人民尊敬他的一斑。

至于《娜娜》，是法国名作家左拉（Émile Zola, 1840—1902）的长篇小说。内容描写一个出身低微、容貌美丽、行为浪漫的女戏子一生的故事。她凭着姿色，出入于巴黎上流社会，玩男人于股掌之中，过着最奢侈、最豪华的生活。她对于男人，真是尽量戏弄，来者不拒，曾经爱过美少年佐治；也爱过剧场的丑角封登。后来她脱离了舞台，想过一下安定的家庭生活；可是本性难移的娜娜，受不了封登的折磨，她再度献身舞台，而精神大不如前。这时候，佐治仍与娜娜幽会，佐治的哥哥腓力泊特地来劝娜娜不要迷惑他的弟弟；没想到自己也坠入了娜娜的色网中，不知花了多少金钱在她的身上。腓力泊因盗用公款犯了国法，他的母亲特地赶来促佐治弟兄归去，并骂娜娜不是人，娜娜反说："这是他们寻求快乐，与我何干？"最后她因探私生子的病染上了天花，弄得满脸麻斑，郁郁至死。

这是左拉《酒店》的续篇，主题是遗传与环境对人生有莫大的影响，初版时即销去五万余册，突破当时法国出版界的新纪录。

　　以上两部作品都是世界名著，希望你都找来细细地阅读。

《强盗》

铃英女士：

　　你的来信昨天才收到，今日马上回答，在我是一件不容易的事情；但为了赶上给《今日妇女》交稿的日子，虽然又忙又累，也只好和你做一次简短的笔谈。

　　你说很喜欢看我写的名著介绍，希望我有系统地、有计划地写下去，将来还可以出一本集子。感谢你，朋友，你为我想得那么周到；可惜我手边没有书，仅凭着记忆来介绍名著是绝对不可能的，我现在一方面在搜集名著，一方面请朋友帮忙，你如果能代我找到莫泊桑著的《人心》，我一定重重地谢你。

你问起席勒的《强盗》内容如何，我现在简单地告诉你：

《强盗》是席勒的一部著名戏剧，主角嘉尔莫亚，是一位伯爵的长子，曾受过大学教育；他性情豪爽，放荡不羁，爱好自由，反对封建思想的束缚；他的父亲很不喜欢他，要他改变个性，做一个绝对服从的人，他不愿意，于是就被父亲赶出去了。

嘉尔被逐不久，忽然又懊悔起来，因为他这时已有了一位美丽的未婚妻，他写信给父亲，情愿悔过，再回到温暖的家来，过快乐幸福的日子。父亲的心被感动了，正准备写信叫嘉尔回来；不料他的弟弟弗朗斯大大反对！原来弗朗斯是一个非常狡猾、心地阴险的青年，他早已有意一个人承继父亲的产业，还想霸占哥哥的未婚妻。这时他知道哥哥快要回来了，恐怕于自己不利，便在父亲面前，造了许多的谣言，尽量损坏哥哥的名誉；父亲信以为真，于是又不让嘉尔回来了。

嘉尔是一个热情的青年，他有家归不得，有爱人不能团聚，心里感到万分悲哀！他痛恨弟弟，也痛恨社会上许许多多的人，他梦想着用武力来改造社会、改变人心，于是他加入了强盗的伙党，成了一名英勇无比、好打抱不平的绿林豪杰。

　　几年之后，没有人性、丧尽天良的弗朗斯，为了掠夺家产，竟把父亲囚禁起来，自称伯爵；同时强迫嘉尔的未婚妻和他成婚；幸亏她是个有贞操观念的女子，她一心一意地在期待着嘉尔归来，为了爱惜清白之身，她便躲在尼姑庵里不敢让人知道。

　　而在另一方面，嘉尔想念未婚妻，想念父母之心日甚一日，有一天，他终于化装为贵族悄悄地回到故乡，他一切都明白了；他了解父亲是慈爱的，只因为听了弟弟的谗言，以致和自己疏远；他了解弟弟是个阴险恶毒、没有良心的人，只要能实现他那损人利己的阴谋，不惜牺牲骨肉的生命；他更了解未婚妻是个坚贞纯洁的圣女，正为他在忍受着一切辛酸，他决定还家来营救父亲，杀死弟弟，接回未婚妻。

　　计划一一地实现了，未婚妻再三婉劝他不要再上山做强盗，于是嘉尔放弃了他的用武力来改造社会的幻梦，从此两口子过着很美满的生活。

这是一个喜剧，也代表了席勒的初期思想。他是德国的诗人、剧作家，生于一七五九年，殁于一八〇五年。在世间，他只活了短短的四十六年；但他真是著述等身。他生来就是一个悲剧诗人，十一岁的时候，就开始写短诗，因为受到家庭和社会种种压迫，被逼走上了文学之路。他在三十岁的时候，就做了耶拿大学的教授，第二年和凌维德女士结婚。他和歌德是最要好的朋友，有人批评他的诗才不如歌德；但在戏剧这方面，他是远胜于歌德的。他有丰富的舞台经验，对于德国当时的剧坛有莫大的贡献。席勒同时还是一个哲学家，对于康德的哲学有专门的研究；他的作品很多，富于民族性，在激励当时的民众、发扬德国的精神这一方面，他是大有功劳的。他深深地了解民众是热情的，爱好艺术的，因此他便借了文学的形式，来宣传他的理想，来团结爱国的青年。他深深地知道做一个文学家，必须有湛深的教养，所以他首先从事于历史的研究，他所著的《三十年战争史》，便是这时完成的。

　　铃英女士，星期日的早晨，我才由南部完成军中访问归来，一点儿也没有休息，我就开始上课，改作文了；桌子上还放着一大堆信没有回，朋友，我不能多写了，请你原谅吧。

《波华荔夫人》[1]

月枝女士：

　　真对不住你，一连三次都使你扑空，为什么不先写信和我约好呢？本来我一星期只有三天去师院上课，其余的时间多半在家。这个星期，因为参加语文学会，还去北投讲演过一次，都被你碰上了。我看到你留的字，心里万分难过，你没有留下住址；否则，我真想去看你，向你当面道歉。你说看不懂《包法利夫人》，不知作者是同情女主角，还是不满意她，现在我就和你来谈谈这个问题。

---

[1]　通译为《包法利夫人》。——编者注

《波华荔夫人》，也就是你说的《包法利夫人》（*Madame Bovary*），译名虽然不同，内容却是一样的。这是法国写实主义作家福罗拜尔的代表作，他从一八五六年开始写这本书，整整花了六年工夫才完成。这是描写一个富于幻想的女性，为了追求理想的爱情，上过很多当，受过许多刺激，到后来弄到精神痛苦不堪，物质上也整个破产，她无法再生活下去，只好服毒自杀。

这是一个悲剧，无怪福罗拜尔说，当他描写波华荔夫人服毒的时候，他也病了好几天。女主角恩玛是一个长得非常美丽的乡下姑娘，她自从嫁给医生波华荔夏尔以后，一点儿都感觉不到结婚的幸福。她看不起丈夫，觉得丈夫是一个懦弱无能、没有志气的大傻瓜；她每天过着单调无聊的生活，嘴里常常叹息着说："唉！男人是多么可怜呵！"

恩玛在苦闷不堪的时候，便想找一个美丽聪明的情人，来填补她心灵上的空虚。她对丈夫非常冷漠，而且容易生气；有时因为郁闷，常常生病，丈夫以为她水土不服，就把家搬到桑维尔城，以便易地疗养。这时恩玛生了一个女孩，夏尔高兴万分；

她却认为是一件不幸的事。

　　一个不满足于现实的人，整天都会沉浸在痛苦中的，自然恩玛也不例外。正在这个时候，一位年轻貌美，又有诗歌和音乐天才的书记莱洪来到恩玛的心中了。她对莱洪一见倾心。两人过从甚密；可惜彼此都没有机会一诉衷情。莱洪以为恩玛是有夫之妇，不会爱他，于是就去巴黎。恩玛从此更加烦闷，真是有苦难言。这时，一位叫作罗陀甫的富商，因找波华荔治病而认识了恩玛，他是一个年富力壮又会花言巧语的情场能手，他说恩玛身体太弱，应该练习骑马打猎；起初恩玛并无意爱他，后来有一次在森林中发生了暧昧关系以后，恩玛便像着了魔似的爱上了他，一刻也不能分离。她曾好几次向罗多尔夫建议，要他赶快和自己私奔，永远不再回到桑维尔城来，永远不再与她的糊涂虫丈夫见面；但罗多尔夫是一个很现实的人，他并不爱恩玛，不过因好奇，玩弄一下她的感情而已。恩玛为了博取他的欢心，曾经借钱来买很贵重的礼品送给他，还把自己打扮得花枝招展，有时还偷丈夫的钱。自然，这些事情，她丈夫一点儿也不知道。

直到罗多尔夫因为害怕恩玛纠缠，抛下她远走，恩玛第二次病倒了的时候，波华荔还以为太太的身体太坏，应该让她好好休养；于是一面仔细看护她的病，一面又要张罗借款，好容易把她的病治好了，夏尔为了要使她快活，就陪她到里昂去看戏。在那种灯红酒绿的环境里，恩玛又重新燃起了幻想之火，她希望能再遇到一个自己心爱的男人，好让她过一过幸福的生活。

事情真巧，想不到三年前的恋人莱洪又在这儿会着了！恩玛像发狂似的爱着莱洪，她已经成了一个十足的浪漫女性，只注重肉体的享乐，忘记了丈夫，更忘记了家！女儿穷得没有裤子穿她也不管，债主天天上门来讨债，她也不过问；只一心一意地爱着莱洪，又想和莱洪私奔了。莱洪也是一个很自私的男人，他害怕恩玛缠住他，就推辞她有神经病而远离了她，至此恩玛再也不能忍受了！她那美丽的幻想终成泡影，一连几次地受骗、受戏弄，她已陷于身败名裂、肝肠寸断的苦海里，除了一死，别无他法苟延残喘，这是她之所以走上自杀之路的原因。

恩玛死了之后，夏尔非常伤心，关于太太和别人通奸的事，他还蒙在鼓里，一点儿也不知道。有一天，他整理抽屉，发现她的情书，这才知道莱洪和罗陀甫是他的情敌，也是杀害他太太的刽子手，他想要报复；可是当他见到那两人时，他又不敢开口了，十足地暴露了他那懦弱低能的性格。不久，夏尔弄得倾家荡产，他在抑郁中死去，剩下一个孤苦伶仃的女儿跟着姑母，靠做工来维持生活，也够惨了！

故事讲到这里，作者的主题，你一看就明白，他是赤裸裸地暴露现实的丑恶：夏尔是个没有学问、愚蠢而无能的人，莱洪是个伪君子，罗陀甫是个人面兽心的坏蛋，而恩玛呢？则是一个容易受恶劣环境影响而纵欲放荡的玩世女人，她的自杀可说是自食其果；当她最初嫁给夏尔的时候，我们还很同情她，到了后来她一再上当，就未免使人太失望了，自己的情感怎么这样不能克制？而对方是好人、坏人，难道一点儿也不知道吗？

这本书我曾经在中学看过，详细的情节我已经记不清了，什么时候你看完借给我重新看一遍之后，再与你研究好吗？

夜深了，窗外雨声淅沥，我的两眼已睁不开了。祝你晚安！

《最后一课》

阿莱：

记得是前月中旬，你来信问我："世上最好的短篇小说集，在台北能买到否？"我早就该给你回信，实在因为太忙，直到今天才在动物园的高山上一家小店里给你写这封信。

这几天的天气太好了，完全像大陆的十月小阳春，今天有一百多个孩子集体来游动物园，我利用他们看动物的时间，一个人躲在小店的一角，为你回答这个问题。

短篇小说是特别令人喜欢的一种文艺体裁，古今中外从事短篇小说写作的人很多；但能够流传很广，为万万千千读者所爱好、所感动，而永远不忘的却并不多。这里我要介绍一本胡适翻译的短篇小说给你看，虽然只有十篇，可是篇篇精彩；其中尤以都德的《最后一课》《柏林之围》、莫泊桑的《梅吕里》《二渔夫》，实在使人百读不厌……

记得你在学校的时候，我曾经选过《最后一课》给你们读过，事隔四年，也许关于作者的略历你记不清楚了，现在为了介绍都德其他的作品，我再重复说一遍：

都德（Alphonse Daudet, 1840—1897）生于法国南部尼美的旧教家庭，从小过着非常穷困的生活，因为营养不良，常常生病。《有名的小对象》，可说是他幼年生活的写照。当他在里昂中学读书的时候，常常因贪懒逃学，受到师长和同学的欺凌。毕业之后，因为无力升学，在一个小学校里当舍监；一有空闲的时候，他就研究诗歌、戏剧。后来他的哥哥帮他找到了一个公馆书记的位置，因为有较多的时间读书、写作，他出版了一部诗集《情人集》，可是并未引起读者的注意。

后来他因为厌恶繁华的巴黎生活，就在蒲堪耳[1]（Beaucaire）附近山谷的坡上，用廉价买到了一座长满了青苔、二十年来无人过问的磨坊，他一个人住在那里，日夜从事写作，轰动世界文坛的《磨坊文札》，就是在这个时候完成的。当一八六六年，这部稿子在《大事报》上连载的时候，他还是一个二十六岁的青年。第二年他和一位知书明礼、性情温柔的女子结了婚，过着非常美满的生活。他说："我得太太的益处很多，我的作品有许多因为她的诱导而写，我的性格，也因为受了太太的影响，而变得温柔了。"

　　一八七〇年是普法战事打得最激烈的一年，法国大败，除了赔款五千兆法郎，还割阿色司、娜恋两省给普鲁士；那篇感人肺腑的《最后一课》，便是在这个时候产生的。当普法大战的时候，都德曾参加警备军，为了创作刺激爱国心理的小说，他甚至因此常常生病。《最后一课》和《柏林之围》都是从《月曜故事》里面选出来的，描写亡国的惨

────────────

[1]　即博凯尔。——编者注

痛，真是一字一泪，使人读了有一种说不出来的难受。《最后一课》，假借一个小学生的口，描写他平时最讨厌读书，不用功，因此他最怕看老师汉麦先生的脸孔。忽然有一天，他战战兢兢地走进教室，出乎意外地老师不骂他，只用沉痛的语调说："孩子，我也不怪你，你自己总够受了。天天你们自己骗自己说，这算什么，读书的时候多着呢，明天再用功还怕来不及吗？如今呢？你们自己想想看，你总算是一个法国人，连法国的语言文字都不知道。"孩子这才了解原来今天是上的最后一课，怪不得有这么多人来听，连坐在最后面的赫叟老头，也戴上眼镜在念"巴、皁、比、波、布"。

阿莱，我读过不少的短篇小说，总觉得别人写的不及都德的深刻感人，他的文字是那么通畅流利，连小学生都看得懂，他并不在修辞或技巧上卖弄聪明；然而他的每一句话、每一个故事，都是用真挚的情感写成的。这些爱国的故事，一定都是真实的；否则，绝对不会这么动人。他的短篇小说还有《赛根先生的羊》《星星》《渡舶》《童侠》等。长篇小说，描写巴黎风俗的有《富豪》；描写青年男女恋爱故事的有《萨芙》；描写平民生活的有《少年佛洛孟与长者李斯娄》[1]《雅克》等；此外还有两部戏剧《阿莱城的姑娘》和《生活的竞争》，一直到现在，还在法国的舞台上演。

都德是一个对于风土人情描写最深刻、最细腻的作家。他每天出外，总是带着笔记本子，把他所见、所闻、所想到的都记下来。《达拉斯贡的戴达伦》这部作品充满了对法国南方人民性格的讽刺，充满了地方色彩，这是都德的代表作。法国作家法朗士推荐这部书："这是我们法国的堂吉诃德先生。"

都德喜欢在他的亲戚朋友中间，寻找小说人物；他所描写的景物，差不多都是他到过的地方。批评家勒美特尔说："都德是个真正的写实派作家，能恰当写实派作家之名者倒不是左拉，而是都德。"

喜欢描写风土人情，喜欢用真的人物和风景来做主角和背景，可说是都德文学的两大特色；还有第三个特色便是充满了光明的希望，充满了人类的

---

[1] 通译为《小弟罗蒙与长兄黎斯雷》。——编者注

同情，例如他作品中的人物，虽常为不幸的环境所压迫，可是他们的生命力始终很强，放射着美丽的光辉。当他写一个非常可怜的人，在万分困苦的境遇下挣扎的时候，他便怀着无限的同情为书中的人物叹息、流泪；因此读者便在这种情形之下，和他一同呼吸，一同流泪，这就是都德作品伟大的地方！

这封信在动物园只写了一半，回到家又因客人不断地来，一连放下十几次笔，再不赶快结束，又没有工夫写下去了。

《茶花女》

桂英:

前天晚上你回去没有受凉吧? 真令我担心。

你说为了忙着给孩子们织毛衣, 没有时间看书, 要我先将《茶花女》的内容简单地告诉你, 使你在脑子里先有个印象, 将来看起来时就方便了; 那么, 今天我就来谈谈小仲马和他的成名作品《茶花女》吧。

记得我还在师范学校读书的时候, 就看过林纾译的《巴黎茶花女遗事》, 后来到了上海又把夏康农译的《茶花女》重看一遍, 现在我是第三次读它了; 可惜前几天《茶花女》的电影上演时, 我没有工夫去看，不知道有没有原文动人。

《茶花女》是小仲马的成名之作，它和《少年维特的烦恼》《罗密欧与朱丽叶》，成了鼎足而立的三部不朽的爱情悲剧。最初是用小说体裁写成的，发表于一八四八年，因为情节动人，文笔细腻而流利，发表后就受到广大读者的欢迎；后来改编为五幕五十一场的剧本，一连上演了两百多场，每回都是客满，在当时，只有雨果的《爱尔那尼》能和它媲美。

《茶花女》的内容是描写巴黎一个有名的妓女，名字叫做马格利特；她长得非常漂亮，出入于各种交际场中，凡是见到她的人，没有不爱她的，因此她结交的达官贵人很多。有位伯爵的大少爷亚猛，是追求她最厉害的一个；但他并不暴露自己的身份，连姓名也不让马格利特知道。后来有一次她得了很厉害的病，起初还常常有人去探视她，有的送花，有的送糖果，日子一久，那些很现实的人都不理她了；这因为他们所需要的是她的青春美丽，是她的肉体而不是她的灵魂。这时只有亚猛每天买了茶花去探问她的病状，仍然没有道出自己的名字；及到马格利特痊愈之后，亚猛才和她正式认识。两人相见恨晚，从此爱情与日增长，一刻也不能离开。为了逃避繁嚣的城市，就双双隐居在一个僻静的乡下，过着甜美的生活；日子一久，经济无法维持，马格利特只好变卖衣物，有时也向她的男友法维尔伯爵借款；同时亚猛也跑回去想要变卖家产筹款以期常度蜜月。这件事被他的父亲知道了，气愤得不得了，因为他有一个女儿，已经与人订婚，听说亚猛和一个妓女秘密同居，名誉很坏，对方几乎要发生婚变了。于是老头儿马上去找马格利特，警告她不要与亚猛来往，以免破坏他们父子的感情。马格利特立刻答应了，她绝不愿意使亚猛痛苦；为了爱亚猛，不忍见他们父子的感情破裂，于是写了一封违心之信给亚猛，告诉他："我根本不爱你，我爱的是法维尔！"亚猛信以为真，痛恨万分，以为马格利特是水性杨花的女子，只认金钱，不懂得爱情。有一天他跑去找马格利特，正遇到她挽着法维尔的手在那里亲密地谈着情话，于是亚猛丢了一大把钞票在她面前，气愤而去。

这时马格利特的芳心，真像刀割一般，有苦说不出。她亲眼看见自己心爱的人在巴黎滥交女友，过着自暴自弃的生活；而自己呢？明明死心塌地爱着亚猛，偏说她的情人是法维尔，在万分痛苦的熬煎中，她的病日甚一日，眼看快要不久于人世了。亚猛的父亲，这时才知道马格利特是一个灵魂很纯洁的女子，还有一颗善良的心，有满腔的热情，有伟大的牺牲精神，他受了深深的感动，连忙写了两封信：一封给马格利特，准许她与儿子结婚；一封给亚猛，要他赶快回来看护马格利特。可惜这时马格利特已病入膏肓，亚猛赶来不久，她就与世长辞了！

亚猛在悲哀中读了马格利特的日记，才知道马格利特是这么专情于他的一个好女人，过去完全误会她了，所以非常伤心！从此他常去凭吊她，撒上许多茶花在坟墓的四周，他的心中永远存着马格利特的影子。

为什么马格利特又叫做茶花女呢？因为她最爱佩戴茶花，每月有二十五天戴的是白茶花，后五日戴的是红茶花，因此她的诨名叫做茶花女。

以上是《茶花女》的大略情形，现在再介绍一点小仲马的思想。

小仲马（Alexandre Dumas, fils, 1824—1895）是大仲马的私生子，特别聪明，他在学校和社会，曾经受过不少的侮辱，人们都以另眼相看；父亲大仲马也不好好地教育他，他在《一个放浪的父亲》和《私生子》两本著作里面，充分地描写了父亲的性格。他反对父权，要求母权及子女权，他说传统的民法太不公平了，主张重新确定婚姻法，他认为爱情是没有阶级性的，私生子同样享有一切权利；《私生子》这本书出版后，等于替他自己出了一口大气。

小仲马在很年轻的时候，便开始从事写作，十七岁时随父亲游历亚非利加[1]，出版诗歌处女集《少年之罪恶》；回到巴黎，又完成了第一部小说《四个女人和一只鹦鹉的故事》。这两本书，都没有引起人的注意，及到二十八岁（一作二十四岁）《茶花女》问世，才一鸣惊人。他的作品虽然没有父亲的多，但名气比父亲还大。大仲马没有被选进

---

[1] 通译为"阿非利加"，一般指非洲。——编者注

法兰西文学院，他却在一八七四年被选入了。他和父亲的性情大不相同：大仲马热情奔放，生活浪漫；小仲马感觉敏锐，性情温柔。也许这就是大仲马之所以成为浪漫主义作家，小仲马被誉为写实主义作家的缘故吧？

《曼侬》

桂英：

我真不知要怎样感激你，你替我织的毛裤是这样匀整，这样合身。昨天我第一次穿它，虽在风雨中，一点儿也不觉寒冷。我想你一定是在深夜等孩子们完全睡了之后，才开始为我一针一针地织。桂英，你的手指被针尖刺痛了吧？你刚放下竹针，还没有休息，又要为我的女儿织了，剥夺了你许多宝贵的时间，非常抱歉！

你说："我很高兴为你做点什么，只要你常常替我解答问题。"自然，我也高兴这样做，只可惜太忙了！每次把一部很好的世界名著，写得那么短，叙述得那么简单，实在遗憾。今天是一九五四年的最后一天，我在整理一堆贺年片时，忽然发现你写来的信，笔迹那么清秀。你告诉我已经看完了《茶花女》，而且流了不少同情泪；你要我告诉你《漫郎摄实戈》是一部什么小说，在文学上有什么价值，现在我抽出两小时来为你解答。

《漫郎摄实戈》是十八世纪法国作家卜赫服（Antoine Francois Prévost，亦作蒲吕渥，1697—1763）的长篇传奇小说，书名就是女主角的名字，简称《曼侬》。半年前在台湾电影院上演的《独留青冢向黄沙》，就是由这本书改编的，内容叙述一个非常美丽的少女，因醉心物质的享受，又渴望爱情的安慰，在矛盾与痛苦中度过了她的一生。她的情人是一个骑士，名叫葛里那。他在十七岁那年，出外研究神学归来的时候，偶然在亚米恩斯的小客店里，遇到了曼侬。他从来没有见过这么可爱的女人，也没有想到过需要异性的安慰；然而不知为什么，自从见了曼侬，仿佛对方是一个魔鬼，紧紧地附在他的身上。他倾心地爱她，她也将她们二十多个少女将要被迫送去教堂做修女的事一五一十地告诉了他，于是两人商议，决定半路上逃走。

计划终于一步步实现了，他们逃到了巴黎，租下一间小房子，过着秘密的甜美生活，俗语说"爱情不能当饭吃"，曼侬因为受不住物质的引诱，突然爱上了邻居一位富翁；这老头子的野心很大，他想完全占有曼侬，于是写了一封告密信给葛里那的父亲，说葛里那如何在外面玩弄女性，过着荒淫的生活。葛里那的父亲气极了，把他找回去禁闭起来，这时葛里那深深地受着良心的责备，他想从此专心研究神学，不再贪恋女色了。

谁知忽然有一天，曼侬又出现在礼拜堂了。她和葛里那相抱痛哭，说了许多忏悔的话，她说她是始终爱着葛里那的，不能一刻没有他，这个意志本来就不坚定的青年，又被爱情征服，双双逃奔了。

他们过着沉醉在酒色之中的浪漫生活，丝毫也不想快乐以外的事情。不久，钱财耗尽，葛里那为了满足曼侬的欲望，有时赌博，有时做小偷；曼侬也完全成了一个沉湎于肉欲中的坏女人。她又结识了一个很阔的老头，她和葛里那两人商量，盗取了老头许多珠玉，想要潜逃；后来事发，被捕入狱，葛里那想法杀死了狱卒，又双双逃亡了。

接着又是一连串不幸的日子来临，曼侬的本性并没有改变，她还是那么浪漫风骚，又结识了老色鬼的儿子；不过，她承认真正的爱人，只有葛里那一个；而葛里那心中的情人也只有她。他想尽了方法，要三度私逃的时候，突然消息泄露又被捕了。结果葛里那由他的父亲保释出来，曼侬独自一人放逐美洲。葛里那不忍爱人只身流浪，他愿意陪她流亡，于是两人伪装夫妇，骗过了检查当局，在罗偌齐亚娜州上岸了。

正在他们两人准备正式结婚的时候，又发生了变故：一位州长的公子爱上了曼侬，自然葛里那不肯让位，两人就进行决斗，结果州长的儿子受了重伤。他们这一对历尽折磨的爱侣，又逃到了英国，也许是长途跋涉太辛劳，也许这是曼侬应得的结果，她最终惨死于旅途中。

不用说，葛里那至此已万分伤心，他草草地把曼侬埋葬于荒山野草之间，之后便晕倒在坟前很久不省人事。等到别人发现把他送回国时，父亲也因忧伤过度而与世长辞。葛里那觉得对不起父亲，深感罪孽深重，他的心里万分难过，然而悔之已晚了。

　　故事说完了，桂英，你有什么感想呢？记得一九四五年我在汉口的时候，曾经和徐仲年先生谈起过这本书。我不喜欢看传奇小说，更不喜欢以浪漫的女人为主角；有些作者喜欢描写女人如何美丽，如何聪明，如何能干，如何玩弄男人，到最后总是一个自杀结束。徐先生不赞成这种作风，我也觉得这本书的主题没有多大意思，为情而死，尽管值得我们寄予同情。像《茶花女》《罗密欧与朱丽叶》《少年维特的烦恼》等，都是以爱情为主题的小说，那些都是我们最爱看的；假使以《曼侬》来比，后者就比较差一筹了。

中学生可以恋爱吗

纹：

　　昨天你回去的时候，看你脸上的表情，可以断定你是不高兴的。这也难怪，正在我们谈得很起劲的时候，忽然来了两位中年太太打断了我们的话头，她们又老不走，所以你就努着嘴回家了。

　　纹，你知道她们后来和我谈些什么话吗？真有趣，她们也提出一个和你同样的问题来和我讨论："究竟中学生可不可以谈恋爱呢？"早知如此，把你留下和她们开一个辩论会就好了；不过她们的主张也是和我一致的，那么，你岂不成了孤掌难鸣吗？

纹，你是个聪明的孩子，你的母亲只有你这一颗掌上明珠，父母的爱全集中在你一人的身上，他们希望你将来能成为一个科学家或者教育家；而你也许一方面受了看电影和交朋友的影响，另一方面是宝岛的气候刺激你，使你成熟得太早，才只有十七岁，就渴望得到异性的安慰。你羡慕别的同学太自由，可以交好几个异性朋友，可以和他们一同去游山玩水、跳舞、看电影；你公开批评你母亲思想顽固，太守旧；你说二十世纪的青年，应该过二十世纪的生活。不错，你说得都对；只是有一点你没有认清楚：这是个什么样的时代？这是一种什么样的环境？青年在非常时期应该负着什么使命？……现在要提醒你的是假使你的母亲一点也不干涉你，让你绝对自由，你可以日夜不回家，跟着你的男朋友远走高飞，那么，不出一年，我敢说你会永远失去你少女的天真，少女的快乐；你会变成一个充满烦恼、痛苦和后悔莫及的少妇；你的光明灿烂、有无限希望的前途，也许就因此而黯然失色，甚至完全断送了！这是一件多么可怕的事呵！前几天在一位同事的家里，听到一位少女的故事，我现在写在下面供你做个参考；不过我要特别声明：这不是一个故事，而是一个千真万确的事实。

"我的房客有一个十八岁的女孩子在×女中还没有毕业，不知从什么时候开始，她爱上了一位有妇之夫；那男的在某银行服务，穿得很讲究，每天晚上来找女的去看电影，游淡水河。有时她母亲硬不许她出去，男的就陪着她在院子里那棵大榕树下面，谈到十一二点还不走。不知道他们哪儿来的那么多话，好像永远讲不完。有一次，我实在忍不住了，就毫不客气地下逐客令，我说：'你们要谈情说爱，为什么不去北投开旅馆？我这里是不许三更半夜不关门的！'你们想想，她听了我的话会立刻叫男的走吗？哼！她才不理这一套呢！仍然继续说下去。还有一次，她穿了一件很漂亮的新衣裳，现出很高兴、很骄傲的样子；衣料是她男朋友送的，她的父亲知道了气得发抖，立刻把新衣撕成碎片。现在，老头气病了，躺在床上呻吟；老太婆也气得晕过两次。看样子，这一对老夫妻非死在这位宝贝女儿手里不可了！"

李太太很感慨地说。

"她家里还有别的人吗？"我问。

"还有两个哥哥，都在大陆没有出来。"

"她难道不知道对方有太太吗？"

"起初那男的瞒着她，后来知道了，她也满不在乎。最近听说那男的要和太太离婚，与这位十三妹型的小姐结婚了！唉！你们这些教育家，对于这个问题，究竟应该怎样解决呢？"

"不管她，让她去上当，等到上当时间久了，她就会觉悟的。"王太太气愤地说。

"不可以！不可以！譬如我们对于一个小孩子的管教问题，明知道玩火会烧伤他的手，但孩子并不知道，当他哭着要点火的时候，难道你真的替他点上，等他烧伤了，再带他去医院治疗吗？我们应该尽我们的责任，把少女时代不能随便交异性朋友的理由告诉她，把报纸上登载的那些少女受骗的事实说给她听，使她警惕；告诉她怎样用理智压制感情，把兴趣转移到读书和各种运动上面去；少让她们看那些讲恋爱的歌舞片子；指导她们多交努力用功的同性朋友；告诉她们恋爱过早的种种害处……"

宗太太不愧是一个教育家，她认真地说了这许多，李太太连忙打断她的话说：

"现在看电影成了中学生的主课之一，试问两条腿长在她们的身上，你怎么能禁止得住呢？我自己也有一个上中学的女儿，怕她染上不良的嗜好，我把她送到台中一个教会学校读书去了，因为那里可以寄宿，校规很严，比她走读好多了。"

"的确，我也赞成女学生能够尽可能地住在学校，因为走读太容易和恶劣的环境接触，往往有许多家长以为他们的女儿还没有放学，其实她们早已溜进电影院去了。"

很久不开口的王太太，也发表意见了。

纹，你看到这里，也许会骂我们的思想太冬烘[1]吧？其实我是一个绝对拥护自由恋爱的人，可是那些没有达到大学年龄的女孩子，她们的感情还没有成熟，对于社会认识不清，意志薄弱，很容易受异性甜言蜜语的诱惑而葬送宝贵的前途，因此我还是那句老话：我是不赞成中学生恋爱的！

---

[1] 迂腐的意思。——编者注

写得不少了，纹，你是个聪明人，想必能了解我对你的关心。

最后，你有什么意见，希望忠实地告诉我。

失恋

素文女士:

　　收到你的信，我不觉大大地吃了一惊！从来没有一个女孩子会把自己的心事向一个陌生人倾诉的，尤其是少女的初恋，可以说是很神秘的；而你能够打破一切普通的惯例，你是那么信任我，把内心的秘密都告诉了我，希望我能给你一个解答，使你能得到一点儿精神上的安慰和鼓励，我佩服你的勇敢，更喜欢你的天真坦诚。真的，正像你来函所说："恋爱有什么可保密的呢？它是人生的切身问题，应该提出来大家讨论的。"

　　在过去，如果有人提到结婚、恋爱这些字眼，当事人就会脸红，甚至害羞得连头都抬不起来，也不敢向人正视一眼，好像有了爱人，就像做了小偷似的那么不名誉，被人轻视；如今，时代进步了，十四五岁的小姑娘也会交男朋友、讲恋爱，而且会闹出殉情的惨剧了。我在没有答复你的问题之前，先举两个例子和你谈谈。

这两个例子，都是发生在××的：

第一个，有一个女孩只有十七岁，就懂得恋爱了。她的对象是一位军人，常常在星期六或者星期天带她去看电影、逛太庙，或者××公园，两人如胶似漆，弄得这位小姐好像中了魔似的，脑海里只有这个男人的影子，什么家庭、学校，全不在她的眼里，一天到晚，只是爱呀爱的。幸亏她天资聪颖，所以功课还能及格。

有一天，这位小姐在街上突然发现，那位平时挽着自己的手走路的军人，如今又挽上了另一个比自己更美丽的女郎，他们有说有笑地走过，并没有看见她，这是一个莫大的打击！在这位小姐看来，自然比死了父母还要伤心，她也许根本就没有考虑其他的问题，除了自杀，她以为绝不能解除她的痛苦，于是立刻买了安眠药来吞下，等到同学发觉时，她已奄奄一息，躺在厕所里呻吟了。

第二个，是一位女孩子和她的小情人双双服毒自杀……当时所有的日报、晚报上，都把这件事视作头条新闻。这一对宝贝，生长于有钱的家庭，两人都在中学读书，不！名义上是读书。实际上不过挂个名而已。他们每天都要看一次电影，深深地中了《罗密欧与朱丽叶》的毒，当双方的家长对于他们这种整天不读书，只顾谈情说爱的生活表示不满而加以干涉时，他们就觉得这是万恶的封建家庭，阻碍了儿女的恋爱自由，他们想双双逃跑又没有勇气；而且一对十六七岁的孩子，离开了家又怎能生存呢？想来想去，唯一抵抗家庭的办法，就只有双双服毒自杀。

据说他们在自杀之前还痛饮一场，开了留声机两人抱着跳舞；死的姿势，非常艺术，完全像演剧一样，男的跪下向女的拥抱，女的倒在沙发上，好像接受他拥抱的样子，报纸上也说这是一幕戏剧性的悲剧。其实最有趣的戏，还是他们的父母，请了许多亲友来，为他们这一对小情人举行冥婚典礼。

素文女士，你对于上面这两件事有什么感想？做何批评？说句也许是你不愿意听的话，一般人都为那三位为爱情自杀的孩子感觉可惜而并不同情，为什么？理由很简单，他们太任性、太幼稚了！这样年纪轻轻的孩子，应该好好地求学，爱惜一生中最可贵的少年时代。即使这两个女孩成熟得特别早，她们也应该了解恋爱、结婚、生子这三部曲是相连的，自己还是一个乳臭未干的初中学生，学问的根基丝毫没有打好，经济基础更谈不到，没有一技之长，一切供给仰仗父母，像这种情形，根本没有讲恋爱的资格。

写到这里，恰好有位朋友来了，她看了这段文字，笑我未免思想顽固，老气横秋；同时她说一定有青年人反对我这种说法的。我回答她，我是为了爱护青年朋友才这么写；如果我鼓励他们不要读书，只谈恋爱，是不是会把他们一个个送进坟墓或者投入苦海中去呢？朋友哑口无言，微笑着走开了。

你说失恋之后非常消极，什么希望都没有，这是错误的！你不能把恋爱看得太重要，这只是人生的一部分，而不是人生的全部！人，不论男女，除了本身的问题，还应当想到学问、事业、社会、国家。有许多没有家的人，以及那些怨女旷夫，从来没有享受过家庭的幸福；但是他/她们在学问和事业上都有成就，对社会有贡献，可见没有爱，或者失掉了爱，固然是人生的最大痛苦、最大缺陷，然而它绝不能影响一个人的前途和生命。

素文女士，你现在所需要的是冷静的头脑、坚强的意志；你不要做爱情的俘虏，你要战胜爱情！初恋往往会失败，虽然它是值得你永远回忆的，你应该趁此机会来一个自我检讨：究竟是那位男朋友变了心，还是你自己也有缺点？假使是前者，那样的人，还值得你死心塌地去追求吗？你未免太浪费感情了！若是后者，你应该反省，纠正自己的缺点，那么等到第二次的恋爱机会来到时，我包你会成功。

离婚

阿南：

　　这是一封想了半个月而始终没有动笔的信，我相信你不会责备我，因为你知道我很忙，也知道我的个性！我不愿意随便写几句空洞的话给你，为了你的前途，我愿意和你做一次长谈，因此这封信便在这种情形之下耽搁下来了。

　　阿南，你太痛苦了，我常常在为你叹息，为什么上天这么无情，使一个这么聪明、年轻而又美丽的你，遭遇着如此残酷的命运？你从小没有父母，在悲苦中度过了你的幼年时代。我们认识，是在那风景幽美的厦门海滨，那时你还是个梳着两条辫子的小姑娘，你的活泼天真和那对藏着热情的大眼睛，使我倾爱，也使我特别同情。当你向我叙述你的身世时，我陪着你一同流泪，我紧紧地握着你的双手，望着清朗的明月，对着蔚蓝的海水，我从心坎里发出对你的同情：

"阿南，不要难过，一个有作为的人，是会遭遇着各种不幸的，你的环境不好，正是象征着你未来的光明。"

记得那时我还把孟子的"故天将降大任于是人也，必先苦其心志，劳其筋骨，饿其体肤……"的大道理和你说，你那时究竟是个十五岁的小姑娘，还不十分了解；你只知道，没有父母的人是世间最痛苦的人，没想到一个女人的痛苦，还在中年和老年呢！

在那个整天有着醉人的熏风吹着，整天可以看到浩渺碧绿的海潮的海岛上，我们相识了。当你常常坐在我的寝室里而被学生发现时，她们都惊讶地问我：

"老师，她是你的妹妹吗？"

"不！她是我的小朋友。"

"为什么她和你很像呢？"

真的，阿南，你为什么和我很相像呢？别的不说，单说那双大眼睛，单说那倔强的性格，实在太和我相像了！我恨母亲为什么不替我生个妹妹或弟弟，我喜欢你，正因为我没有妹妹的缘故。

"阿南，无论什么时候，在什么地方，你都要给我来信，有什么需要我帮忙的，尽可坦诚地告诉我，我一定尽我的力量帮助你的。"

阿南，我非常惭愧，那时给你的诺言，如今还深深地印在我的脑海里，一点儿也没有忘记；可是今天，我眼看着你遭遇着不幸，能帮助你什么呢？

"你看，冰姐，我老多了吧？"

"不！你还是那么美丽，那么年轻。"

阿南，说老实话，我说你年轻，实在带着几分勉强；你的确老了，额角上添了无数皱纹，眼睛似乎也不像年轻时放着发亮的光芒了。你忧郁，你苦恼，你悲观，你对人生失去了乐趣；最危险的思想，是你失去了生之勇气。当你告诉我你想自杀，或者想遁迹空门时，我简直不相信这是由你嘴里说出来的话。

本来呢，你也的确太苦了！朋友帮助你从大学毕了业，后来嫁了一个爱你而又不了解你个性的丈夫，生了两个孩子之后，丈夫嫌你老，嫌你个性太强而抛弃你，另外去找年轻貌美的情侣去了，这一打击，谁能受得住呢？

于是，你从此消沉了，从此了解了爱只有在年轻美丽的时候才能获得，到了生孩子、色衰体弱的时候，便一切都没有了，剩下的只有凄凉、痛苦、失恋、死亡……

阿南，你不能这么消极，你应该了解人生的真谛不是为个人，而是为社会。你遭遇着不幸，当然值得同情；但你应该睁开眼睛向你的周围看看，找出那些比你更苦、更值得同情的人来和自己比较一下，她们为什么能生存？她们为什么能够忍受这样的痛苦？她们为什么能奋斗而我不能？你生了两个孩子，按理说，你替社会尽到了责任，你虽然受尽了苦难，这也是应该的，免不了的，谁叫你生而为人？谁叫你偏偏又是女性？也许你在后悔不该结婚的，但这又有什么用呢？既然结了婚，就无法避免生孩子；既然生了孩子，就应该尽你做母亲的责任，为孩子好好地活下去，哪怕再苦、再困难，也要挣扎着活下去！你如果问我这是为什么，理由很简单：我们活着，不是为了个人，而是为了社会！

我知道你又要笑我在说教了，实际上，社会就是这样一个东西，它全靠这些"傻瓜"，这些一生没有享过福，整天只为别人的幸福而劳动的"傻子们"在维持；倘若和那些整天只讲究享受，整天只梦想着升官发财的混蛋一样，世上哪里还有什么正气？人类哪里还有什么幸福？哪里还有什么进化呢？

你不能后悔你不该嫁人，更不能埋怨你不该生孩子，你应该反问一下：女人一生难道只为的嫁人吗？你为什么不想想，如果丈夫一旦死了，我该怎样办呢？现在他不理你，也不管孩子，自然是他的不对，他不应该对自己的儿女放弃责任，他更不应该对你变心；然而理论是理论，事实是事实，他要这么办，你又能把他怎样呢？

我已经看到不知多少这样的事实了，不管是男人抛弃女人，或者女人抛弃男人，一旦到了破裂的时候，法律无法制裁它，人情无法挽回它，这是一幕人生舞台上的悲剧，实在无法避免的；唯一的希望，是悲剧中的主角要有坚忍不拔的意志，再接再厉的精神！你不能灰心，不能消极，只有忍受一切物质上和精神上的痛苦，努力向前挣扎，才能争取生存。

阿南，写了这一大堆，不知对你有无影响？是不是多少能增加你一点儿生之勇气呢？

最后，我祝福你拿出勇气来战胜痛苦和困难！

恋爱与结婚

朋友：

你来信要我对于恋爱与结婚，发表一点儿意见，这是个大问题，绝不是在短短的数千字里能够说得清楚的；为了不辜负你的好意，我就随便说说吧，有不对的地方，还得请你多多原谅。

恋爱，在人生的旅途上，是不可避免的遭遇，她是一件和吃饭、穿衣一样很平常的事情；然而在当事人看来，简直是世间最稀罕、最神秘的一件事。他们偷偷地幽会，偷偷地写情书；假使某一方的家长是顽固的，他们在越不能自由恋爱的环境里，爱情便越甜蜜，而且越能不顾一切地去争取！

他们可以为爱情自杀，或远走高飞，什么名誉、什么学问、什么事业，他们全不顾及，只觉得两人的爱是伟大的、神圣的，谁也没有权利来干涉，谁也没有力量来阻止；他们仿佛一对疯子，什么人也不需要，哪怕世上没有一个亲戚、朋友同情他们，他们也觉得没有关系，甚至两人都穷得没有饭吃也不管，反正只要有"爱"便行。

"爱，我们痛快地爱吧，即使饿死了，也是甜蜜的。"

无论这话是出于男性或者女性，对方总会很高兴地接受的。

恋爱像洪水，能够冲破旧礼教的樊篱；

恋爱像烈火，能够烧毁一切封建势力；

恋爱像一颗炸弹，它可以把整个的生命炸毁！

可怕呵，恋爱是这么热烈，这么勇敢，这么不顾一切的一种潜在的生命力！

但是，恋爱有时是盲目的，在女性的眼睛上，蒙上了一层厚厚的情感之网，她失去了理智的判断，她什么也看不见，除了爱；她什么也不想，除了爱！她情愿挨饥挨冻，情愿失学失业，情愿被洪水淹没，情愿被烈火烧死，情愿被炸弹毁灭，谁要反对她恋爱，谁就是她的敌人！

于是他们两人，在月白风清的深夜，紧紧地拥抱着，发出像呓语似的声音：

爱，我们热烈地爱吧，

这世间只有你和我，

只有我们伟大、纯真的爱。

真的，当一对情人热恋着的时候，是绝对自私的！他们不要父母、兄弟，也不要亲戚、朋友，他们常常有这种可笑的思想，总觉得自己是世界上最幸福的人，而别人都是傻子，都是没有快乐、没有幸福的，只有自己才是人间的幸运者，甚至有时还会漠视他人的存在，"这世界，是只属于我们两人的"！

其实，这世界，真是属于他们两个的吗？不！别人，那些千千万万的别人，也像他们一对一对地在互相拥抱着，在月白风清的夜里，发出同样的呓语，做着同样的美梦。

不错，恋爱是神圣的，是人生幸福的开端；可是如果女性失去理性，一对灵活的眼球上，蒙着一层厚厚的情感之网，那么她的恋爱将是盲目的、悲惨的！在快乐的后面，紧接着是苦恼；在幸福的后面，紧接着是惨痛。她的一生也许就会完全葬送在这"恋爱"两个字上面了。

那么，恋爱可以避免吗？

什么才是真正的恋爱之道呢？

恋爱是人生所不能避免的，但可以用理智来处理。比方立志做社会事业，或者从事某种专门学问研究的人，害怕恋爱、结婚这些事来纠缠他/她，扰乱他/她的心神，妨害他/她的工作，所以他/她宁愿一生抱独身主义，或者等到学问、事业有了相当成就的时候才结婚。这时候，也许有人在讥讽老小姐做新娘，老头子做新郎，其实有什么关系呢？恋爱与结婚是个人的事，只要与社会没有妨碍，尽可自由恋爱，自由结婚。

至于恋爱之道，最宝贵的在于理智。往往一对青年男女，当他们在热恋的时候，只有感情，没有理智，只觉得对方是一个十全十美的人，没有丝毫缺憾，乃至于一言一笑、一举一动，都觉得美丽无比，所谓"情人眼里出西施"，真是一点儿不错；

然而对方的思想究竟怎样，性格如何，家庭环境怎样，环绕在其周围的朋友是些什么样的人，这一切都应该在恋爱的时候调查清楚，观察清楚。你在情人面前，不要老表现你的优点，使他爱慕，使他盲目地崇拜，你应该把你的思想、你的家庭状况、你有哪些特殊的个性也告诉他，使他完全认识你，了解你；如果他真是佩服你的，他一定爱你的坦率真诚；否则，你把一切隐瞒起来，将来结婚之后，很快便会露出你的本来面目，那么不幸的悲剧便会开始了！

同时你在观察对方的时候，也要尽量搜寻他的缺点，不要只顾注意他的优点。你要故意找些问题来试探他的思想，比方你要充分地表现你的个性、你的思想，表示你是不能屈服在任何压力之下的。他约你去看电影，有时你可以拒绝；他要请你吃饭，你说这时候另有约会，不能前往，看他有什么反应。

在恋爱的时候，往往只怕不成功，所以彼此都想极力迁就对方，都想把自己的缺点藏起，而尽量把优点表现出来，于是双方都只看到各人的好处。

但一到结婚之后，不自觉地都现出"原形"来了，例如，在恋爱的时候，他请你去看电影，唯恐你不去，如今结婚之后，你想要他陪你去看电影，他也许会说：

"省下几个吧，这片子没有什么好看的。"在恋爱的时候，看到那幅一丝不挂的小爱神，拿着一支箭射穿一对男女两颗心的"丘比特"的照片，这时两人会脉脉含情地相视一笑，各人心里想着：将来我们也会生出这么一个可爱的小天使；可是结婚之后，真正的"丘比特"哇的一声降生在他们的小家庭之后，烦恼便紧随着孩子的哭声来到了。

"真讨厌，这孩子整天哭，哭得我什么事也不能做。"男的说。

"谁让你结婚的？做了父亲，难道不管孩子？去，快去拿尿布来给宝宝换吧。"女的说。

于是男的无可奈何地站起来，丢下手里的书本，替孩子找尿布。

朋友，在恋爱的时候，你也曾想到过这些吗？想到过结婚吗？想到过生孩子吗？想到过他的家吗？想到过他的事业和你的事业吗？他的志愿和你的志愿是否不背道而驰?

恋爱应该保持理智,不应该单凭情感,这是许多过来人的经验之谈。恋爱时,双方应该尽量表现自己的个性,寻找对方的缺点,了解对方的身世;如果是经过慎重选择后的结婚,那婚姻一定是美满的;否则,就算结合了,到头来还是会落得一个离婚的下场。

所以很多初恋的结婚是失败的,其原因就在于这是不理智的恋爱,不理智的结婚。

*   *   *

前面说过,在恋爱的时候,要用理智来支配情感,要慎重考虑这个人是不是可以和我同居一生?是不是可以和我同甘苦、共患难?假使有哪些不满意,千万不要勉强结合;一旦结婚,就应该让感情处于主要的地位,两个人处处要用情感来维持。生了孩子之后,自然要增加许多麻烦,他们不能像初婚的时候一样自由自在地去看电影、逛公园、吃馆子;女的必得喂奶、带孩子、为孩子缝衣裳;男的必得多兼一份差，或者多写些文章卖出以增加收入。在托儿所并不普遍的当前，生孩子，是一件最苦恼的事；尤其在普通公教人员[1]的家庭里，单靠丈夫出外做事，所赚的钱是无法维持一个家的，必得夫妇两人同时出外工作，这时一个大问题又发生了：

谁管孩子呢？多雇一个老妈子吗？太太的收入也许还不够老妈子的开销。不雇吗？必须太太自己兼差，而受过高等教育的太太，又不甘愿在家做奶妈当老妈，于是两个人发生口角了：

"读书有什么用处呢？嫁了人就是生孩子、看家，和没有受过教育的女人，有什么区别？"女的发着牢骚。

"谁让你不去嫁个有钱有势的丈夫，而做了穷公教人员的太太！"男的也咆哮起来。

这时，孩子的哭声、大人们的吵嘴声，充满了这个小小的家庭。其实，有什么可吵的？谁都不能怪，只怪孩子们不应该在这个苦难的时候来到人

---

[1] 公教人员：台湾地区对旧时机关工作人员和学校教职员的合称。——编者注

间受罪。不！不！只怪自己为什么当初要恋爱，要结婚。

有许多道理，在结婚之后，不能拿来清算，例如孩子是两人的爱之结晶，谁也不能把责任推于对方，男的不能说"养孩子是女人的工作"，女的也不能说"负担家庭，是男子的责任"。两个人都要负起抚育儿女、承担家庭负担的责任；而且要时时刻刻为孩子打算，宁可两口子多吃苦，也不能让孩子受罪。

女人是特别富于情感的，她在结婚生孩子之后，往往还留恋初恋时的生活，希望丈夫像向她求爱的时候一般温存。上街的时候，她希望丈夫紧紧地靠着她，挽着她的膀子，看见一件什么美丽的衣料，或者她爱吃的东西，立刻买来给她；但在丈夫方面，处处要为经济着想，甚至自己走在前面，把太太丢在后头，也是为了节省时间的缘故。这时，你不要希望一出门，丈夫就为你雇车子，你要想到坐车子是要花钱的，最好还是劳动你们两人的贵腿，省下几个钱来为孩子买个小玩意儿，或者买包糖来以换取孩子最亲热的一声"妈妈"。

如果说恋爱是诗的话，那么结婚便是散文了！生了孩子之后，便是戏剧，因为哪怕再好的夫妻，也会为了孩子而出演几幕悲喜剧。

朋友，你看到这里，心中起一种什么感想？是害怕结婚呢，还是有勇气接受结婚呢？

其实，结婚也像恋爱一样为人生所不可避免的，我虽然很羡慕那些抱定独身主义的女人，她们自由自在，不受任何拘束，爱到什么地方便到什么地方去；然而我并不赞成独身主义，我以为这是压制自己感情的一种酷刑，人类应该有家庭之爱、夫妇之爱、朋友之爱、社会之爱，无论缺少哪一方面都是不健全的。

理想与现实，常常不相符，在恋爱的时候，总觉得结婚是快乐的；可是他们只想着度蜜月的快乐，而没有想到生了小宝宝以后的许多烦恼。

不过，话又得说回来，孩子虽然麻烦，可是他会使你得着快乐、得着安慰；这快乐和安慰，也许比你初恋的时候，爱人给你的还要甜蜜、还要纯洁。当你在外面忙碌了一天回到家的时候，孩子的笑容，和他一声亲切的呼唤，会使你忘记疲劳，忘记外面的苦恼，本能地将孩子抱起来狂吻，这时你得到的安慰是无法形容的。

生了孩子之后，可能增加夫妻两人的幸福，也可能减少某一方面的快乐。有些男人和女人是特别讨厌孩子的，他们只图自己享受，不愿生孩子，这是根本错误的！不但恋爱、结婚要负责任，就是交一个朋友，也该有信义，无论做一件什么事，都应该尽责任！我们常看见这种人，结婚之后，男的不负儿女的负担，或者女的不顾孩子的啼哭而一走了之，这都是没有尽到做父母的责任，都是不应该有的行为！要知道夫妻两人的感情不好，是两个人的事情，与无辜的孩子丝毫没有关系。

有了孩子的人，最好不要离婚，因为影响孩子的精神太大，不论孩子在他们离婚之后，由父亲抚养，或者由母亲抚养，都是一件很不幸的事情；当孩子想到他的妈妈或者爸爸的时候，那种深刻的痛苦，是我们想象不出的。

恋爱是甜的；然而一到结婚生孩子，便不断地有苦来。人生没有绝对的幸福，也没有绝对的痛苦，幸福与痛苦永远是连接在一起的。人类有克服恶劣环境的力量，他们能够时时刻刻在痛苦中挣扎，奋斗；所以遇到一个打击来到，在当时是痛苦，但事后回忆起来，未必不是另一种快乐、另一个新生命的开始。

最后，我再郑重地说一句：男女在恋爱的时候，千万要拿出理智来选择对象，不要任凭情感的奔放，而走上不幸的结婚之路。

前面我虽然说了许多孩子麻烦的事，可是没有一个父母不喜欢孩子的，所以孩子在家庭中的地位很高，有时他们是父母爱情的维系者。

末了，我谨以至诚祝祷天下有情人都成眷属，而且有个美满的家庭。

忍耐是成功之母

白：

　　这样的称呼，不知你高兴不？

　　自从那次发现了你，我似乎吃的并不是臭豆腐，而是一块又酥又脆的香豆腐。我一看你的模样，就知道你并不是操这职业的人，一定为生活所迫才来受这种罪。果然，我在报纸上看到了你的文章，你很有文学天才，你的生活经验如果再丰富一些，再用功写上十年、二十年，我想你一定会成为一个很有希望的女作家。

　　你和你妹妹来看我，正遇着我不在家，非常抱歉！你的来信我看了一遍又一遍，我同情你的处境，但又无法帮助你。这种"心有余而力不足"和"爱莫能助"的难受，你也许可以想象出来的。

你不要骂我残忍，我是赞成你继续过去的职业的，你不要认为那是一种最苦、最不幸的工作，要知道你站在十字街头的一角，有机会看透这花花世界，认清楚好人、坏人的真面目，这是一个搜集材料的最好机会，别人做梦都得不到，你却很容易地得到了。你好容易学会了一种谋生的技能，为什么又要轻易地放弃呢？我以为你至少再干半年，也可以说你再磨炼半年。假如你过去没有从那些来来往往的男女老幼的身上，发现写作题材的话，那么你从今天起，重新照我的方法去观察一番，包你有很大的收获。

第一，首先你观察男人、女人的服装和他们面部的表情，由他们衣着的华丽与朴素，可以看出他们的贫富和有没有修养；第二步，你要注意他们的谈话，什么样的人，说什么样的话，是描写人物最要紧的。平时我们要描写社会各种各样的现象，各类人物的语言，感到非常困难。就拿我来说吧，我所接触的社会是学校环境，我所经常接触的人物是公教人员、军人、学生。我没有机会像你一样整天站在十字街头，去看川流不息的人群，去听各种粗野的、温柔的和嗲声嗲气的怪声音，看到那些令人作三日呕，或者令人肃然起敬的坏的与好的现象；尤其当那些排成长蛇阵等着买票看电影的人挤得大喊大叫，或者买票打起架来的种种怪现象，大可以供给你写文章的材料。你从最热闹的黄昏到最寂静的午夜，不知要看到多少好人和坏人，多少值得你同情、值得你歌颂；多少需要你诅咒，使你感到愤怒的事。不过话又说回来了，那种生活，对于一个少女，的确太苦、太残酷，有些幸福的女孩子，像你一样的年纪，也许还在母亲的怀里撒娇，或者正在教室里接受教育；而可怜的你，却不分春夏秋冬，不分天晴下雨，老是默默地站在那里，两眼注视着火炉，耳里听到炸油的响声，一瞬也不敢疏忽。你小心翼翼地等候着来光顾你的顾客，他们之中有同情你的，也有轻视你的，说不定还有些无赖来奚落你、欺负你、侮辱你。白，你不要害怕，你只要把脸孔一板，两眼向前直视，把正义的火光，由你的严肃的眸子里射出来，那么坏人就会感到害怕，感到惭愧。白，一个女人，尤其是年纪轻轻的女孩子，在社会上往往要受到许多无妄之灾；可是只要自己站得稳，有勇气抵抗外来的袭击，有智慧应付外来的变化，那么你就不会上当了！

今天我很高兴，月卿的病好了，她来看我；《妇周》也复刊了，她要我继续写书简，我把你来信要找工作的事告诉了她，她也说不容易。

白，最后，我劝你忍耐，一万个忍耐！为了生活，你必得忍受一切辛酸苦辣！我累了一天，这时连笔都提不起了。再见吧，祝你坚强地生活！

女人读书有什么用

梅：

你的信收到三星期了，我到今天才回答你，我知道你一定等得发急了。梅，我真不知道要怎么对你说才好，你是那么热烈地希望我能给你一臂之助，我呢？真是心有余，力不足。我深深地了解你的痛苦，你处在那样的封建家庭，正如我幼年时代处在我那个封建家庭里一样。我把你的信反复地读了三遍，而且给两位朋友看了，她们都说："一个只受过高小教育的台湾女孩子，能够写出这么好的信，真太不容易了！她的环境很坏，你应该尽力帮助她！"

是的，梅，我应该尽力帮助你，但是从什么地方着手呢？你告诉我，你的家里不是没有钱不能供给你上学，你家在做生意，钱，不成问题，主要的是你母亲反对你读书，她说："女人读书有什么用？"她要你学洋裁，要你学烹饪，要你学一切女人应当知道的家庭琐事；你的哥哥更是比母亲的思想还要封建，他不许你大声说话，不许你看报、看书，不许你到外面去玩……天，这些精神上的压迫，叫人如何受得了呢？你的母亲是一个奇怪的女人，她自己也曾受过师范教育，当过两年小学教员，如今她却坚持"女子读书无用"的主张；她不许你升中学，不许你自修，我不懂她是受了什么刺激，还是受了有旧思想的朋友的影响，所以才产生那种错误观念。梅，你是那么渴望着求知识，你爱看书、看报，还爱投稿。你说报馆把你的稿子退回来，你哥哥就痛骂你、讥讽你，因此第二封信你叫我不要寄到你家里去，而是托一位朋友转给你。梅，你太不自由，太痛苦了！我越想越觉得你现在的处境完全和我少年时代一样，所不同的是我有哥哥同情我，他鼓励我去从军，鼓励我求自由就得远走高飞。现在，我不能拿这类话来刺激你，原因是你太年轻，你只有十五岁，没有一技之长，经济不能独立，还离不开家庭，如果我叫你冒险跑出来又怎么办呢？社会上坏人太多，在引诱着年幼无知的女孩子走进火坑，我不主张你走这一条路，我只希望你拿出勇气来和封建势力做斗争！

你的信上没有告诉我你的父亲现在做什么生意，他在哪里，思想怎样，是不是比母亲开明一点。要想法取得你家里的同情，不要和他们处在敌对的地位。人是有感情的动物，只要你用感情去打动母亲的心，只要你的理由充足可以说服她，我想也许不久你又可以恢复学校生活了。

下面，我再告诉你自修的方法。

你的字写得很规矩，我希望你以后每天写五百个小字、五十个大字，写日记一篇，温习国文一课，一星期写两篇文章，看两本小说或者散文。你说你家里钱不成问题，你可请求你母亲给你多买书、买纸、买笔；不过，问题又来了，她既然不赞成你上学，自然也会反对你看书。照理你每天帮忙她把事做完了，余下的时间就应该属于你了。前面我说的要你奋斗，就是暗示你要尽量争取你应得的自由，比方你哥哥说你不该大声笑、大声说话，这是声带问题，假使你生来就是一副粗嗓子，自然没法改变；要是你故意大声笑、大声说话来气他，那又何必呢？在小时候，我的母亲曾教我念过《四字女经》，里面有"行莫乱步，笑莫露齿，话莫高声……"我当时就骂那著书的人言语不通，我质问母亲："笑，怎么可以不露牙齿呢？"后来我一气就把这本书烧了！

以你的程度，现在最好先看《鲁滨孙漂流记》《天方夜谭》《安徒生童话集》《格林童话集》《王尔德童话集》《青鸟》《爱的教育》……以及那些科学家、文学家、艺术家的传记。这些有的能引起你读文学名著的兴趣，有的鼓励你自修成功。读了之后，你有什么不懂的，可以来信问我，我会详细地告诉你的。

最后我要提醒你一句：你要时时刻刻争取你合法的自由；尤其将来的婚姻问题，你要完全自主！为了不增加你的麻烦，我把你的名字改成了同音的，你该能理解我的苦衷吧？祝你努力奋斗！

谈立志

朋友：

    我已经有十年没有写公开信了，也就是说自从《绿窗寄语》绝版以后，便没有再继续下去；尽管我接到不少青年朋友来信，要我和他们谈一谈做人处世和读书写作的问题；但为了忙，仅仅为了忙，我没有勇气答应他们。今晚，师大的校友，也是你们的老师吴光华先生，一定要我替你们的校刊写几句话，我想：写什么呢？只有信，是我高兴写的，那么就随便和你们谈谈吧。

    我真没有想到自己会走上写作这条路，我不但没有天才，而且是个愚笨的人。当我还在高小读书的时候，就读过都德的《最后一课》，那个小学生的故事，深深地感动了我，使我了解了亡国的惨痛，不能说自己祖国的话，不能使用祖国的文字。我心里想：我们不是也在受帝国主义者的统治吗？特别是与日本所订的二十一条，等于亡国的条件，我伤心极了。

我希望长大之后，有一天能写出像《最后一课》一样的文章来，哪怕只有一篇，也就心满意足了。

我偷偷地在内心发愿。基于这个心愿，我立志要多读多写；其实，说来可笑，一个小学生懂得什么呢？

不！在历史上，多少革命先烈、学者专家，都是从小就立志的，远的不说，就拿孙中山先生来讲吧，他不是从小就立志要推翻清朝帝制，建立中华民国吗？结果，他果然成功了！汉光武帝说的"有志者，事竟成"，明明告诉了我们无论做什么事，只要你立下志愿，决不动摇，一定会成功的！

我这么替自己辩解。

回忆一下，这是五十多年前的事，我当时立下的志向，一直到现在，并没有改变，也毫不动摇；

所感到惭愧的是，我的文章到如今还没有写好。离《最后一课》，还差十万八千里呢！

朋友，你们还在青年时代，正像刚出山的太阳，刚出土的嫩芽，只要你们趁早立定志向，不论从事文学创作，或者进行科学研究，或者做一个教育家、实业家……都一定会成功的！

许多青年朋友来信问我："要怎样才能走上写作之路呢？"我总是这样回答他们：

先立下"不把文章写好，誓不甘休"的志愿吧，然后你们沿着"多读""多写"两条路走下去，不灰心，不中途停止，不好高骛远、眼高手低，只要肯虚心，不断地努力，不断地求进步，最后的胜利，一定属于你们！

朋友，夜深了，今天我就写到这里，以后有时间再谈。祝你们进步！

有恒

朋友：

最近我实在太忙了，前次你们的吴老师来找我，我不在家，以为没有见到他，正好赖一次，不交作业了；没想到成功先生又来催了，我一看见他的名片，便感到这次再不写，实在太不像话了！只好把要改的作文暂时放下，先和你们谈谈"有恒"。

在青年守则上面，有一条是"有恒为成功之本"，我相信成功先生做什么事，一定都是有恒的。

说来惭愧，对于这两个字，我在很多地方没有下决心去实行，因此我到现在，还不会写字，不会作诗，不会写文言文，不会绘画，假如我遵从先父的话，从小好好习字，也不会到现在写成一笔丑的鬼画符。家兄曾骂我："你的字，是世上奇丑的。"我当时并不感到羞耻，反而很得意地说："那不很好吗？我成了世上的特殊人物。"说这话，是在读初中的时代。

父亲常常把我写给他老人家的信退回给我，要我规规矩矩地写成正楷之后再寄给他。遇到这种情形，我真是欲哭无泪，只好一笔不苟地重写一遍再寄去。

来台湾之后，师大的同学及军中的读者，常常找我在纪念册上题字，或者寄宣纸来要我写几个字留做纪念。我感到惭愧极了！有时竟会全身发麻，血液沸腾，想想我的字太丑了，如何见得人呢？于是我尽力推辞，把他们的纸藏在柜子里，一年、两年、三年，如今一晃就是十多年了，我仍然不敢献丑，也没有把纸退还给他们；这件事在我的心里，留下了一个永难填补的伤痕。

从今天起，我要每天练字，哪怕一天写十个或二十个字也是好的，十年之后，一定会写得像个字样了。

我曾下过决心，而且实行了将有两个星期，后来因为太忙又间断了。我在心里痛骂过自己，理智又替我辩护："没有关系，你已经接近老年了，在世上还能活多久呢？还是集中精神去教你的书吧，不要再练字了。"

朋友，为什么我要把自己失败的经验告诉你们呢？因为我知道"朝秦暮楚""一曝十寒""见异思迁""虎头蛇尾"……都是不能成功的"致命伤"！青年人，往往会在不知不觉之中，犯下上面所说的毛病中的任何一点，危险呵！我们的前途、我们的一生都要受到莫大的影响。

有许多人立志写日记，有的写几个月不写了；有的写几年停止了；可是也有的写一辈子，一直到他生命的最后一天才停止。无疑地，最后一个人是成功的，前面两个人是没有恒心、半途而废的。朋友，你要做哪一种人呢？

朋友，请你不要嫌我啰唆，也不要笑我这是老生常谈的话，谁不知道有恒是一切学问、事业成功之本；但是，实行起来，可真不容易，一定要咬紧牙根，下个决心，日夜不懈地去做，遇到困难，就要想办法去克服。

　　写到这里，绿衣使者送信来了，是一位名叫李展平的同学寄来的，他说从初二开始看我的《绿窗寄语》，便对文学发生了很大的兴趣，如今他已是大学生了。我很高兴，今天我要在你们面前发誓，我要继续写我的《绿窗寄语》以示我的有恒。祝你们快乐!

不要等待明天

朋友:

　　时光像闪电,转眼又到放暑假的时候了。我不知道你们有这个经验没有,每次在放假以前,总有一大堆计划:看书、写文章、旅行、看朋友……可是等到开学的时候,来检讨一下,总有十之七八没有做到的,能够完成一半,算是成绩很好的,做到百分之百的,恐怕千人之中,难得有一个。

　　究竟这是什么原因呢?太简单了,只有"懒惰拖延"四个字,可以回答这个问题。朋友,你总不会否认吧?人是有惰性的,没有人逼你,许多事做不成功的,上至国家大事,下至个人私事,假如没有计划，不限期完成，你想，这社会还会有进步，一切建设还能完成吗？

今天完不了，没有关系，反正还有明天。

这念头，不知害了多少人，耽误了多少事。明天，这是一个看来很近的日子，只要过一夜，就是明天；可是问题发生了，明天，是一个永远没有完的日子，明天过了，还有无数个明天，许多人把希望寄托在明天，我也曾经被明天骗过。后来我下决心，尽可能"今日事，今日毕"，不要拖到明天，因为明天又有别的事发生，需要我们花去不少的时间去处理。

在假期中，日子过得特别快，你最好先把要看的书、要写的文章，列一个表，像上课似的，完全按照作息时间表实行，一个星期做一次检讨，千万要严格，不要宽恕自己，更不要替自己辩解，什么天气太热啦，简直不能用脑；什么应酬太多，毫无办法；最不能原谅的是："人生有几，何必这么紧张，应该多多享受，反正事情永远做不完的，还是得高歌处且高歌吧！"

朋友，假如你有这种想法，那就太危险了！古人早已说过"少壮不努力，老大徒伤悲"。这是他们的经验之谈，我们为什么不引以为鉴呢？岳飞在《满江红》里，不也说过"莫等闲，白了少年头，空悲切"吗？我在幼年时代，每天看见父亲手里拿着书在看，我很奇怪地问："爸爸，你读了几十年书，还没有读通吗？为什么不休息呢？"他老人家回答我："学海无涯，书是永远读不完的，我们要活到老学到老。休息，你每天晚上睡觉，不就是休息吗？白天是应该工作的。"接着他又举出大禹惜寸阴、陶侃惜分阴的故事给我听，我当时不懂，到现在，我才深深地体会到父亲当时的心境。人，在愈老的时候，愈想用功，多读，多写，多做点对社会和国家有益的事，因为他在人世间不知道还有多久，假如将大好光阴牺牲在无聊消遣上面，未免太可惜了！

朋友，这封信我写写停停，停停写写，已经放下笔六次了。朋友们以为我放了假能出来聊天，不知道我整天都是忙的，再不赶快寄出去，又不知要拖到哪一个"明天"了。

在暑假中工作，是万分辛苦的，首先你要克服

热，克服蚊虫，克服"明天"！千万记着："好好
地计划，限期完成。"祝福你们过一个快乐而有意
义的假期！

投在大自然的怀抱里

朋友:

　　上次信上谈到爱的烦恼问题,今天本想再继续和你们讨论恋爱与结婚;可是我的脑子里充满了大自然的美丽,充满了山川的崇高与壮阔,这是祖国的河山,我仿佛回到了大陆,陶醉在长江一带的风光里。

　　你们看了上面一段话,一定会感到莫名其妙。原来我离开台北五天了,由日月潭而阿里山、嘉义、台中,今天来到了梨山。为了答应贵刊的编者,一定在二十日左右寄稿来,我每天都在想着这件事;但实在抽不出时间,我陪着一位四十多年前认识的老朋友汪女士整天坐火车、汽车，欣赏风景，谈少年时代的趣事，我真没有时间和你们笔谈。不过，尽管如此忙碌，如此劳累，我并没有忘记你们，这是我的责任，也是我应该守的信用。

今天，我和你们简单地谈一谈"达观"的问题：

每个人对于人生都有不同的看法，有的人消极悲观，有的人积极乐观，还有的人开朗达观。我以为不论一个人怎样悲观，如果常常和大自然接触，他一定会变得积极、达观。什么原因呢？宇宙间一切的生物，都是向上生长的，你看热带有热带的植物，寒温带、中温带、暖温带各有它们不同的生物。阿里山的神木，经过了三千多年的风霜雨雪的摧残，它还在生长；第二代、第三代木，尽管下面已经完全枯到只能拿来当做柴烧了，但它还在欣欣向荣地与万物竞争。越到寒冷的地方，植物越长得又快又好，花开得特别灿烂。朋友，你想不到现在梨山的杜鹃花正是盛开的时候，阿里山的圣诞红也满山遍野地一片红艳吧？小鸟的叫声，也比平地的好听多了，这证明，越到寒冷险峻的地方，生物的抵抗力越强，适应环境的力量越大。朋友，你该明白我的意思了吧？人为万物之灵，更应该具有与环境奋斗的能力，更能克服一切物质的、精神的困难，创造自己光明的、理想的前程！

从小我就爱好大自然，登山涉水，不辞辛劳，我羡慕徐霞客、刘铁云[1]；我希望我的身体还能让我和大自然相处十年，即使老到要用拐杖爬山，我也心甘情愿。朋友，你们在假期中，千万多和山水接近，最好是登山，不但锻炼身体，而且使你的胸怀开阔，有"登泰山而小天下"之感。"万物静观皆自得，四时佳兴与人同"，这是个多么美、多么可爱的世界！朋友，你还有什么烦恼呢？赞美它、歌颂它还嫌来不及哩！

非常抱歉！我不能多写了，明早还要去天祥、太鲁阁，今晚应该早点休息了。祝你们进步！

---

[1] 刘铁云即为刘鹗，字铁云。——编者注

谈青年的苦闷

"苦闷啊，苦闷！"

"这日子如何度过，实在太苦闷了！"

"唉！度日如年，人生究竟有什么意义呢？"

"恋爱、学问、事业，什么都是空的，都是假的，完了！完了！一切都完了！"

…………

好了，好了，我不再抄下去了，这是五四运动以来的一部分青年人的苦闷，表现在他们的言语和文字上面。依我看来，这些都是无病呻吟。假若真正有烦闷的人，他只有两种处理的方法，第一种是：什么也不说，终日紧锁眉头，一言不发，烦在心头；第二种是：想法解除烦闷，拼命用功读书或者工作，借此来驱除烦闷，我是赞成第二种人的做法的，而且自己也是用的这种方法。

"唉！什么是人生，简直是人死啊！"一位青年读者来信向我发牢骚。

前几天接到老友许建吾先生自香港的来信，真是无独有偶，他也说："刚刚打电话给老丁夫妇，报告姚文训先生已于九月二十五日病逝星洲汤申律政府医院，二十八日出殡，大家感叹不已。他经过种种既痛且苦的争斗，终于倒下去了。唉！所谓'人生'，实系'人死'，乃人自出生，只有一条路可走，无论是直径或是曲径，总是走向'死路'也，二公以为然乎？明乎此，则当多寻乐趣矣！"

许建吾先生是我国二十世纪三十年代的名诗人，台湾的读者，想必对他不会陌生，我们经常在电台听到的《黑雾》《山在虚无漂渺间》《祖国恋》……都是他作的词，黄友棣先生作的曲，他们两个人是老搭档了。

我知道，许建吾先生所说的"人死"，绝对不是由衷之言，而是一时因姚先生之死有感而发，不像那位青年朋友的无病呻吟。老实说，我在二十岁左右的年龄，也曾经有几次起过自杀的念头，但当我快要走上绝路时，我的脑子里，立刻跳出来一个问号"？"，为什么要死？不死可以解决吗？能不能找一位朋友谈谈？可不可以把我的痛苦发泄在纸上？

这么一想，我就不想自杀了。

在南京的燕子矶石头上，刻着六个大字："想一想，死不得！"当初诗人朱湘就是投水自杀的，可惜他没有看到这六个字，否则，我想他一定舍不得他的爱妻和儿女去死的。

现在，我们来分析一般青年人的苦闷，不外下列几种：

一、受经济压迫。

二、恋爱失败，或者想恋爱找不到对象。

三、事业受打击，或者考不取学校。

四、受病痛折磨。

五、家庭有什么问题。

六、其他。

以上不过举些大概的例子，自然还有很多，

人是感情动物，有时冲动起来，理智不知道逃到哪里去了。一件芝麻大的事情，也会使人走上自杀之路，拿生命来开玩笑，实在太不应该了！

解除烦闷的方法

现在，我们再来简单地谈谈解除烦闷的方法：

一、双手万能，我想谁也不能否认这句话。只要你肯下个做苦工的决心，我相信经济绝不会有问题，白天做工，晚上读书的人很多很多。我们绝不能守株待兔，等着中奖，等着发财；假如你能吃咸菜、馒头、稀饭过日子的话，我相信生活绝不会发生问题。

二、对于恋爱，我始终相信一个"缘"字，所谓可遇而不可求。我以为恋爱、结婚，只是人生的一部分，而不是人生的全部。人，活在世上，并不是只为了爱，还有比爱更重要的事业，要为社会、为人类谋求幸福。许多人没有结过婚，可是他们仍然活得很快活，很舒服，很有意义。多少男男女女，为学问、为事业整天在忙，到最后一口呼吸停止，自然有亲戚朋友、老师、学生以及社会热心人士为他们料理后事，总不会让他们含恨而终，尸骨暴露。

三、至于事业受打击，更不算什么一回事，大丈夫能屈能伸，跌倒了马上爬起来；受一次打击，就可增加一份奋斗的勇气。"失败为成功之母"这句名言，的确是经验之谈，我们千万不要怀疑。

考不取学校，也值得烦闷，甚至自杀，更是笑话！今年考不上，明年来，明年再考不上，后年来。只要你有充分的准备，不气馁，不灰心，总有一天会考取。万一你是个处境困难的苦命孩子，根本不能进学校，那么你只要自修，也会成为大学者的。

四、受病痛折磨，的确是很苦的，我有个朋友，中风十多年了，整天四肢发抖，非但不能做任何事情，而且要别人喂饭，大小便都要别人照料，她实在苦痛得想自杀。我每次去看她，就要安慰她，劝她好好地、勇敢地活下去，我说："你一定要留得这条命回大陆！"她点了点头，微笑了！

大陆有她的爱儿、媳妇和孙子，仅仅靠这一线希望，她勉强痛苦地在活着，她就是师大的教授龚慕兰女士，已经七十岁了，旧文学的造诣很深，在大陆曾当过中学校长、教员，桃李满天下。如今得了这种病，中西医都束手无策，她除了忍耐达观，还有什么法子驱除烦闷呢？

五、家庭问题，青年人还不觉得什么，到了中年，有些人就会发生一连串问题。例如夫妇不和啦，子女太多使得负担太重啦，事业不如意啦，受朋友牵累倾家荡产啦；或者家门不幸，子女做了太保、太妹[1]啦……总之，家家有本难念的经，事之不如人意者十之八九。我们要有乐观、达观的心态，要有克服一切困难的奋斗精神，要有面对现实的勇气，才能立足社会，创造理想的事业，求得高深的学问，建设真、善、美、爱的人生。

我为什么说青年朋友喜欢无病呻吟呢？我曾

---

[1]　太保、太妹指社会上的混混。——编者注

经在师大一位学生的作文里，看到他喜欢过流浪生活的语句，我问他什么是流浪，他回答不出来。我说："你在师大上课，有公费可拿，同学这么多，家里环境又好，怎么想到要过流浪生活呢？"

由他我联想到许多青年男女，他们都想离开家，不读书，不做工，去过吉卜赛人的流浪生活。朋友，你想想，这是正常的思想吗？这是大时代中的青年应该过的生活吗？

为了时间的关系，我只能写到这里为止，最后，我希望青年朋友千万不要无病呻吟。即使真的有苦闷，也要想尽方法来解除它；你自己的力量解决不了，可以请朋友和家里的人，共同为你解除困难，千万不要闷在心里，那样会使你愁上加愁、闷上加闷的。

朋友，愿你们在天朗气清的秋天里，有丰富的收获！

谈迷失

朋友：

很久不见了，你们都好吗？时间过得真快，今天又是师大期中考试开始了，我特地提早一小时回来，为的是想趁这短短的五十分钟，和你们谈谈"迷失"的问题。

常常在报纸副刊上或杂志上，看到这样的句子："我们是迷失的一群，不知何去何从……"或者说："我们失去了家的温暖，我们四顾茫然。""我们在十字街头彷徨，不知走向何方。""我们徘徊歧路，苦闷不堪……"

奇怪，看了这些句子，我不忍心责备那"迷失

149

的一群"，只有深深地同情他们。我了解他们所说的苦闷、徘徊、彷徨，他们要对家庭、学校、社会负责，还要对他们自己本身负责，得不到家庭的温暖，这固然是做父母的责任，但他们也应该自己反省："我对家庭尽过什么义务？我对父母、兄弟、姐妹，付出过爱没有，我给他们温暖了吗？"

再想一想："学校的课业，我都按时交了吗？我真的尊敬老师吗？我逃过课没有？我曾经因为恋爱而耽误过功课吗？……"至于社会，你也要想一想："社会上的坏风俗，为什么我们不能改正它，反而受它的污染呢？"我们是青年，天天以国家的栋梁、未来的主人自居，试问，我们有什么学问、什么本事，能担当起社会栋梁的责任呢？我们的学问基础打好了没有？我们有正确的思想和坚强的意志吗？朋友，要反省的事太多了，这里我不想增加他们的负担，我只问他们一句：

"你迷失了什么？"

我希望得到他们的忠实回答，究竟苦闷的是什么？为什么要在十字路口徘徊？那么多来来往往的汽车、卡车、摩托车，不会撞倒你吗？出门之前，你应该有个目的地，有个方向，你不能无目的地在街头漫步，正如你进了中学以后，你就应该立定志向，一步步走下去，总会到达你的目的地的。

目前，我们的国家，正处在一个最艰苦同时也是最伟大的时代，要说苦闷，恐怕每一个人都有这种感觉，只是程度不同。就拿我来做个例子吧，我的苦闷比谁都要多：二十多年没收到大陆家人和亲友的信了，每天日夜，我都会想念他们，我常常为"不知道要何年何月才能见到他们"这个问题而苦恼，更为自己的身体一年不如一年而担忧；最令我伤心的是我的眼睛不许我写字、看书，只要我闭着眼睛休息，否则，它就要流泪了，也许过去我用得太多，所以它现在提出抗议。你想：在这种情形之下，我能不烦闷吗？有时我气起来时就想：管它呢，我偏要看书、写稿，由它去眼痛、流泪吧，有一天，到我双眼失明时，我就要永久休息了。

如果我真的这么消极，那就未免太不中用。我要乐观、达观，还像青年时代一样朝气蓬勃，在内心里时常想道：我没有老，我还在中年，有许多事待我去做。这么一来，我非但没有烦恼，而且非常快乐，真有老当益壮的趋势。

朋友，我相信你们决不会迷失的，你们早已认清了自己的目标，正在努力向着光明的前途勇敢迈进，我祝福你们每人都有个快乐幸福的未来！

有计划地读书

朋友:

　　光阴像闪电，两个月的暑假，一眨眼就溜走了，距离我授课的日子，只有一星期，我仿佛觉得昨天才放暑假。我难过，我恨自己为什么让日子白白地过去，除了日记，两个多月，我没有写过一个字的文章，一想起，我就恨，我太没有计划了，这个暑假有两个会耽误了我的写作：一个是亚洲作家会议，一个是世界作家笔会，前者在台湾的中泰宾馆举行，后者在韩国汉城[1]开会，我真后悔不该参加

---

[1]　韩国首都，后改名为首尔。——编者注

的；否则我的旅美游记，说不定早已完成了。

朋友，写到这里，我自己检讨一下：有许多事失败于没有计划；或者有了计划而实行不彻底，因此才有半途而废或者有始无终的结果。后悔、自恨、懊恼，都是于事无补的，过去的就让它过去吧，最要紧的是把握现在，哪怕一分钟、一秒钟也不让它虚度。

朋友，所谓有计划地读书，是指在开学之前，就要对这个学期做一通盘的计划：除了每天或者每夜上课，你还有许多时间可以读书、写作，那么，你首先要计划好这个学期要读完哪几本书，或者学一门技能，把打字、珠算学好；开始学着写文章、投稿，或者把"四书"读完；把英语的基础打好，把毛笔字写好……总之，只要你有计划，能把握时间，一分一秒不轻易放过，那么你一定有收获，不会白白地度过宝贵的光阴，到后来落得满脑子的懊悔、怨恨。

我自信是个会利用时间的人，每个月上公保看病时，我总是带了书和纸笔去，有时看书，有时改作文、写小说、回信。我看见许多病人，有的坐在那里打瞌睡，有的呆呆地不知在想什么，也有写字看书或者打毛衣，穿珠珠钱包的，不过这究竟是少数。我很奇怪，为什么他们不爱惜这几小时呢？排队挂号到看病、取药，整整要一个上午或者一个下午，至少也要四五小时，实在太长了！朋友，你们之中，一定也有去过医院的，在等候挂号、看病、取药这个时间里，你怎样打发它呢？希望你告诉我。

常常听到一些青年朋友向我发牢骚："我不知道如何利用时间，一个假期不知不觉的什么也没有做，连一本小说也没看完就过去了，真冤枉！真冤枉！"

这就是因为没有计划的缘故，像我今年暑假，原来是计划每天写两千字的游记的，后来为了参加两个会议，把我的计划整个破坏了，现在我重新来分配这个学期的时间，我要继续完成暑假未竟的工作。朋友，一个好的开始，就是成功的一半，你不能不承认的。

祝你努力！

一年之计在于春

　　时光像闪电一般,一九六九年又完了!这一年来,我感觉日子过得特别快,而事情却做得特别少;我难过,我懊悔,我恨……仔细想一想,客观地检讨一下,我并没有偷懒,也不曾浪费时间。为什么?为什么我今年的写作成绩是这么坏呢?平时,每年我总要写三四十万字,今年还不到一半。唉!我的创作能力衰退了,这是无可奈何的事,朋友,为什么我要把自己的牢骚向你们发泄呢?我要告诉你们"少壮不努力,老大徒伤悲"。过去,我不了解这两句话的意思,我只知道,过了今天,还有明天;而且这个明天是永远没有完的,有什么关系呢？何必要"今日事今日毕"，那么紧张，那么忙碌，所为何来？

朋友，我还告诉你，小时候，我不知道多么羡慕大人。我恨自己长得太慢，希望有奇迹出现，有什么神力使我一夜变成大人。那时候，我感觉日子过得太慢了，真有度日如年之感；过了六十岁以后，我忽然觉得度年如日了。原因很简单：人在少年、青年时代，是不了解珍惜时光的，到了老年，才知道活在世间的日子愈来愈少，而想做的事，却越来越多；尤其在力不从心的情形之下，真有"人生不满百，常怀千岁忧"之感。朋友，我现在要告诉你的是：怎样爱惜你的光阴？怎样在一年的开始，做一个详细而具体的工作计划？

古人说"一年之计在于春，一日之计在于晨……一生之计在于勤"，真是一点儿不错。不知道你有这个经验没有？每天一过了十二点，这一天就完了，所谓"年怕中秋月怕半"，也就是这个意思。在一九七〇年将要来到的时候，你要把这一年的工作计划，按照十二个月的进度，精确地写出来，要像你写一月的收入和支出的预算一样。我们知道，金钱的收入，应该多于支出；而光阴的支出，也应该少；工作的进度应该快。这是一般人很难做到的，我们一定要从爱惜一分一秒的时间做起。我知道青年人最喜欢聊天，有时一连谈三四个钟头也不厌倦，更不觉得浪费了时间可惜，朋友，你有这个毛病吗？如果有，千万要马上改掉。

"一寸光阴一寸金，寸金难买寸光阴。"我又要引古人的话来奉劝你爱惜时间了。也许你早已读过朱自清的《匆匆》，他一定也像我一样，到了中年以后，才感觉时光老人的可爱，值得留恋，于是以他亲身的经验，来劝告朋友们，趁着年轻的时候，把学问和事业的基础打好，在文章里面，他虽然没有明说，但他的整篇主题，就是爱惜光阴。

朋友，也许你看厌了，说来说去，老是这一套，可是我还想再啰唆一句：时光比生命还要宝贵，你浪费一分钟，便是自毁你的希望和前程，你要紧紧地抓住它，使每一分每一秒，都要用在你的工作上、学问上。

再谈吧！朋友，这是一九六九年给你们的最后一封信。祝愿你们新春愉快，学业猛进。

青年模范林觉民

朋友：

又到了一年一度的青年节[1]，每到这天，我便有无限的感慨：这是一个用先烈们的热血和头颅换来的日子，想想辛亥革命的前夕，集中在广州的爱国志士们，是多么激昂慷慨、悲壮英勇！他们早就许身国家和民族，情愿为消灭腐化贪污的清政府而牺牲。

在黄花岗八十六位死难烈士当中，最使我感动，给我印象最深的是林觉民烈士。朋友，你也许

---

[1]　台湾地区为纪念黄花岗起义死难烈士，设定每年三月二十九日为青年节。——编者注

要质问我："同样都是为国牺牲的爱国烈士，怎会有厚薄之分呢？"

其实，我不回答，你只要仔细一想就知道了，原因很简单：别的烈士，有的没有写遗书，有的只简单地写几句；而独有林觉民烈士给他的父亲写了简短的遗书之后，还从容不迫地给他的妻子意映，写那么长的一封绝笔信，真是情意缠绵，一字一泪，令人不忍卒读。记得我在中学的时候，我们的语文老师，曾经选了这封绝笔信给我们读，讲到一半，我就流下眼泪了，有位同学还笑我太多情，后来我也骂她是铁石心肠。朋友，你们读过这篇文章没有？如果读过，最好熟读它，希望你一字不漏地背诵出来；假如还没有读，那么赶快去找来细细地欣赏，我想中学语文课本上，一定选了的。

前面我说过，在这些烈士当中，我最佩服林觉民，实在因为他是个文武双全的人，他的文笔是那么简洁流利、深刻动人。他对父亲至孝，对妻子的爱情又是那么真挚、热烈、缠绵。普通一般人，在将要死之前，不是消极、颓废、伤心，便是愤慨、躁急；而林觉民烈士，真有视死如归的胸怀，他一点儿也不恐惧，丝毫不激动，他把全副感情贯注在这封千古传诵的遗书里，他劝意映不要因他的死而伤心，要知道人是随时随地都可以死的，劝她为了儿子依新和腹中的胎儿，还有一家老小要好好地生活。"吾家后日当甚贫，贫无所苦，清静过日而已。"

好一个"贫无所苦，清静过日"的人生观，这是多么清高而又达观的佳句！

"……吾居九泉之下遥闻汝哭声，当哭相和也。吾平日不信有鬼，今则又望其真有……""吾今不能见汝矣！汝不能舍吾，其时时于梦中得我乎？一恸。"

最后这一段，不知引出了多少人的热泪，朋友，希望你们多读几遍，仔细揣摩文中每一个字、每一句话的意思。我要特别介绍这封遗书，实在写得太好，太令人感动了！古语说："慷慨赴死易，从容就义难。"林觉民烈士不但是从容就义，而且在就义之前，能够有条有理，写成这么一封情文并茂的遗书，可以看出他平日的修养。在学校，他一定是个很聪明、很用功的学生；要不然，他的文笔怎会这么优美呢?

朋友，我们纪念青年节，就应该以先烈们为榜样，学习他们的爱国思想，学习他们的人格修养，学习他们的奋斗牺牲精神!

朋友，这是一个艰苦的时代，也是一个伟大的时代，我们的责任是这么沉重，用不着我多说，你们一定早已在准备怎样做国家的栋梁了。

敬祝你们努力!

祝福

朋友：

　　当你们听到骊歌高奏的时候，心里一定充满了复杂的情绪：一方面是高兴，另一方面是难过。高兴的是：你们的学业，已经告了一个段落，你们比初进学校时，获得了许多做人与做事的知识，你们的学问增加了，自然感到莫大的高兴；难过的是：每天和你们相处的循循善诱的师长、切磋交流的同学，一旦要分离了，怎不使你留恋、伤心？

　　人类的感情是微妙的，当彼此都陌生，互相不知对方姓甚名谁的时候，是没有感情的，也谈不上礼貌。例如：我常常挤公共汽车，十回有九回是站着的，那些年轻的壮丁和健康的中年人，没有人让位给老弱妇孺，因为他们是陌生人，彼此不认识；假若遇到一个熟人，哪怕只有一面之缘，他也会站起来和你谦让一番，由此推想，我们相处得愈久，愈有感情，"黄鹂久住浑相识，欲别频啼四五声"，唐代诗人早已写出了我们的心声。

可是，朋友，天下没有不散的筵席，今天在你们既兴奋又难过的毕业典礼上，我有三点希望：

第一，尊师重道。

这是无可讳言的事实：风气目前实在坏到了极点，有不孝子勒毙父亲的；有不良学生砍死老师的；有终日无所事事，在街头巷尾惹是生非的太保、太妹；也有躲在防空洞里，几十天不洗脸、不换衣服、一身奇臭的嬉皮[1]……至于不上课专讲恋爱的大学生，调皮捣蛋殴打老师的中学生，更是司空见惯，不足为奇。朋友，我知道你们是最讲礼貌、最富感情的，你们懂得"生我者父母，教我者师长"，知道怎样尊敬老师，用做好人、读好书、创

---

[1] 嬉皮：二十世纪六十年代在欧美年轻人中兴起的，他们反主流文化，颓废而放纵，反叛而困惑。——编者注

造好事业来报答师长们教育的恩惠。

第二，继续努力。

学无止境，学海无涯，这是谁都知道的。我们的光阴有限，而要探求的知识，实在太多太多了！毕业以后，你们还要本着过去夜以继日的苦学精神，更加多求高深的学问，将来好造福社会，服务大众。

第三，克服困难。

人生如航行大海的船只，总有遇到暗礁或者狂风暴雨的时候，千万不要害怕！只要你把稳方向盘，不走错路，一定不会触礁的；至于风暴，我们要懂得"天有不测风云"的道理，暂时把船停住，等到雨过天晴，又可扬帆远征了！

朋友，人生的道路漫漫，有时是崎岖的羊肠小路，有时是平坦光滑的柏油大道，你要处逆境不灰心、不气馁；处顺境不骄傲、不自满。"常将有日思无日"，那么你一定能应付环境，克服困难的！

毕业日是你们的大喜日子，我谨以至诚为你们祝福。这时候，温暖的阳光，照在常春藤的绿叶上，发出闪闪银亮的光辉，这是象征你们前程的远大、光明，象征东海中学的未来无量！

　　朋友，人生何处不相逢，不要难过，抛弃离愁，让我们互祝一声：珍重再见，前程万里。

失恋了，怎么办

朋友：

感谢你在农历除夕的晚上，给我一封限时信。你的信，写得那么热情如火，那么直爽坦白，我本想将它公开；但没有得到你的许可，我不能这样做。朋友，请原谅我用平信答复你的问题；不，我是希望你来舍下，好好地和我谈谈，倾诉一下你所受到的委屈。我知道你一个人在宿舍里很寂寞，为什么不到同学家里去过年呢？难道没有一位同学邀请你吗？

像你那样的信，我经常收到，也许她们都像你一样信任我，喜欢把心中的秘密悄悄地告诉我，我是感到多么高兴而荣幸啊！朋友，你叫我的名字，有什么不可呢？不过我老了，你应该称呼我老师的，你以为我还是少女吗？我的孙女都会走路了。像闪电一般的光阴，早已消逝了我的壮年，如今我是个白发苍苍、齿牙脱落的望七的老人了，你不觉得奇怪吗？连我自己都不相信，老得这么快，这么难看；幸好我的童心未泯，我的热情和意志没有老，所以我仍然能和青年做朋友，和他们一块儿聊天、欢笑。除夕晚上，有八位青年在我家吃年夜饭，他们下棋，玩扑克，喝酒，喝韩国式的年糕汤，吃北方饺子、南方菜、上海式和台湾式的年糕……实在太高兴了！

你一定奇怪，我为什么还不回答你的问题呢？

朋友，你的烦闷，也是一般少女的烦闷。正当情窦初开的时候，认识一个你喜欢的异性，于是就一往情深，想他，爱他，恨不得他天天陪伴在你的身边，像电影、电视上的亲热镜头一样。假如对方也像你爱他一样那么爱你，自然你们是很快乐的；万一像你所说的男友一样，突然变了，对你冷酷无情，伤害了你的自尊心，于是你恨他，也恨自己太容易自作多情了，你觉得被人欺骗了感情，受到莫大的侮辱。而最难堪的，是同学们会窃窃私语，在背后指指点点，说你失恋了，被男朋友抛弃，你受不了，于是只好躲在被窝里暗自哭泣，责备自己做了一次大傻瓜。（这是你来信上说的）

朋友，这种遭遇，不只你有，许多男孩、女孩都有过这种经历；只是有的藏在心里，不发泄出来；有的写在文章、日记里；有的像你一样找一个对象写信发泄一下；有的很达观，他想：天涯何处无芳草？失恋了怕什么？我会再来一次更积极的追求，更完美的恋爱。

这么一来，他真的化悲哀为力量，重新有了上进的精神，说不定他很快就得到了胜利，应了"失败为成功之母"的名言，他又沉醉在爱河中了。

朋友，你也有这种勇气吗？我以为谁都应该有才对。人生在世间，不论什么事（包括恋爱与结婚）有成功，便有失败。试看古往今来的英雄豪杰，有失败的，也有成功的。多少人在恋爱的时候，甜甜蜜蜜，当一对新人双双挽着手走进喜气洋洋的礼堂时，谁不羡慕他们是天生的一对才子佳人，曾几何时，他们开始闹离婚了；或者生了两三个孩子之后，男的另结新欢，女的别有所恋，于是可怜无辜的孩子们，成了无父无母的孤儿了！自然，这种人是不对的，太自私了，对爱情认识不清楚，对子女不负责。

朋友，我说了一大堆，还没有告诉你，究竟失恋以后怎么办呢？老实说：谈恋爱，等于买爱国奖券、买马票，你能说一定会中吗？完全靠运气。交男女朋友，你能说一定会成功吗？我的答复是不一定！有的生平只恋爱一次就结婚了，有的一连失恋好几次也不成功，于是他绝望、灰心，从此抱独身主义，把全副精神寄托在学问或事业上面，这种人是令人钦佩的，他不叫苦，不叫闷，默默地埋头工作，为社会大众服务。朋友，你还年轻，你不会找不到理想的伴侣，我相信你即使初恋失败了，还可以再恋，甚至三恋；可是，要记住，失恋一次就应该得到很宝贵的经验，仔细研究为什么会失败。是对方有缺点，爱情不专一，视爱情为儿戏？还是你自己有毛病，例如不上进、嫉妒、虚荣……我知道你一定没有这些缺点，那么他为什么突然对你的感情起了变化？你要冷静地、理智地分析一下，然后才能找到正确的答案。

朋友，不怕你听了不高兴，我要奉劝你：像你这种年龄，目前谈恋爱还嫌太早一点，你应该进了大学之后，才开始和异性交际。目前你要努力读书，多交几个同性朋友，她们的学问有比你好的，你就向她们请教；比你差的，你就教导她。在深夜或在清晨，你应该每日三省：

一、我的父母为什么送我读书？我要怎样努力，才能对得起他们？要怎样才能报答父母的恩惠？

二、我的每门功课都好吗？如有不及格或者考得不理想，我要怎样下苦功夫才能补救？才能对得起老师？

三、我正在青年时代，记忆力强，身体好，我应该好好努力，创造未来光明灿烂的前途；假如我糊里糊涂地过日子，将来我怎么办呢？我用什么学问、技能来立身处世呢？

朋友，只要你这么一想，我相信你就不会为失恋苦恼了，你自自然然地会警惕起来，努力看书，练习写日记、写文章，把感情寄托在家人、师长、同学、亲友上面，你就不会为某一个人浪费你的感情，牺牲你宝贵的光阴了！非常抱歉，这几天因为不断有朋友、学生来拜年，我忙于接待，不能多写了。愿你理智起来，战胜苦闷，战胜寂寞！

把感情武装起来

朋友:

真对不住,今天收到你的第三封信,而且又是限时信,我不得不赶快答复你的问题。这三个多星期来,我实在太忙了,阅卷、回贺年卡、写信、还稿债,把我忙得晕头转向,晚上熬到一点多才上床,事情也做不完。知道了实情以后,我想你会原谅我的。

朋友,读完你的信,我也像你一样,感到万分难过,为爱情烦恼,这是每个青年男女所不能避免的,只是程度有深浅而已。有的两人一见倾心,彼此相爱,一帆风顺地达到结婚的目的;有的历尽千辛万苦，遭受种种打击，好不容易争取到幸福，可是后来又发生不幸离婚了！也有为爱情而双双服毒或者跳水自杀的；也有单恋着对方而毁灭自己的；更有最下贱、最残忍的人，因为得不到对方的爱而用杀人、毁容的手段来满足自己的报复心的。

爱情，爱情，真是又可爱、又可恨、又可怕的名词，世上不知道有多少人为她迷醉，为她颠倒，为她痛哭流涕，为她心碎肠断，为她狂笑高歌……

好了，我不多费笔墨来描写爱的幸福和痛苦了，我要回答你的两个问题：

第一，你问我怎样选择对象。

老实说，爱情是很微妙的东西，她可以悄悄地来到你的心中，但不能悄悄地离开你。可能你深深地爱着一个人，但对方丝毫也不感觉；同样地，你不喜欢的人，他却在热烈地追求你，大有"非卿莫娶"的决心。天下事往往有这种矛盾，这是无法避免的。

我以为选择对象的第一个条件是看：对方的品格好不好，性情是否与你相近，家庭背景怎样，别人对他的评价怎样，有无志气，学问差一点儿倒无所谓，只要他肯虚心，肯上进，哪怕生了儿女之后，他还可以去读书的。最怕的是遇着一个花言巧语、浮而不实的人，或者个性很强、好高骛远、目空一切的人，甚至好吃懒做、只会逢迎吹拍、贪赃枉法的人，那么她的一生就葬送了。

因此，我认为不论男女，选择对象，都要看其内在美，外表是否英俊、漂亮并没有关系，因为不是选美，不是选明星、歌星，只要五官端正，大大方方就行。有些爱慕虚荣的女子，选择对象的第一个条件是看他有没有钱，是不是大官的少爷，这是大错而特错的！因为钱是最不可靠的，万贯家财，可以毁于一旦，达官贵人的子弟，凭着他们在社会上的地位、虚名，可以玩世不恭，只顾享乐而不上进，这种人，绝不是理想的对象。

第二，失恋了怎么办？

朋友，这是个很难回答的问题，我虽然没有过失恋的经历，但我曾亲眼见过失恋的朋友，她们悲观、消极、颓废、自暴自弃，对一切没有兴趣，对整个人生失去了希望，我常劝她们：把感情武装起来！这是我在青年时代的一句口头禅。我认为人生在世，应该重视的第一是学问，第二是事业，第三是亲情，第四是友情，第五是爱情。为什么我把爱情放在最后呢？那意思是说可有可无的，有，固然很幸福，由许多理想的好家庭，可以组成一个理想的社会、国家，但爱情没有，也无所谓。试看许多大科学家、哲学家、音乐家、文学家、宗教家、教育家……他们有的一辈子是光棍；有的结了婚又离开；有的同床异梦，过着很痛苦的日子。人的感情是多方面的，不是全部给予一个人的，例如拿家来说吧：有父母、兄弟、姐妹的爱，亲属的爱，学校有师生之爱、同学之爱，社会有朋友的爱、同事的爱、有广大的人类之爱。所谓处处有温暖，人人有热情。可能你失恋了，从家庭、从朋友处得来的安慰和快乐更要多，更要真挚。

我常常告诉师大的同学们：假如你们失恋了，只当作那是一个不祥的梦，梦醒了，就忘了它吧，你还可以做第二个美梦的。我是绝对反对为失恋而自杀的，朋友，你冷静地想一想，我们的生命是应该为国家、民族而牺牲，还是应该为一个人而牺牲呢？

我对于恋爱的看法，不知道你同意不？我真的希望你把感情武装起来，不悲哀，不伤心，不流泪，假如你真的有那么一天失恋了，赶快去找你的知心朋友倾诉吧，她会给你安慰，给你鼓励的；还有，跑到图书馆找几本很好的世界名著或名人传记之类的书来看，包你会把感情的方向转移，理智若能战胜了情感，你就不会有苦痛了。

　　本来还想写下去，奈何电话来了，说完话，又有师大的同学来了，这封信就写到这里打住吧。

　　祝你新春如意！

怎样看小说

这是十多年前的往事：

一位某女中的学生来找我借书，一开口，便要借十本。

"十本？太多了吧？你怎能一下就看十本？"

我惊讶地问她。

"可以！可以！十本书，还不够我看三天的，有时我一天要看四五本呢。"

她很得意地回答我。

"请问你是怎样看的？"

"我照例翻翻前面，翻翻中间，再翻翻后面就完了，我是跳着看的，只看他们的恋爱故事，不耐烦一字一句地看下去。"

"啊，原来如此，这种看书的方法，我还是第一次听说，你有什么心得吗？"

"没有什么心得，不过知道故事的大概而已。"

"那么，小朋友，我的书恕不出借了，师大的同学来我这里借书看的，都要交一篇书评；否则，就不借给他。你呢？看完之后，也可以写一篇读后感给我拜读吗？"

"不敢，不敢，我不会写。"

她的脸羞得通红，我连忙安慰她：

"你千万不要害怕，我虽然话说得很严厉，但书还是要借给你的。"

于是我花了将近一小时的工夫，告诉她看小说的方法。

其实许多人都爱看小说，可是懂得欣赏小说的人并不太多。不要以为少年、青年朋友有些不懂得看小说的方法，就是一些中年、老年人也往往爱看消遣性的小说，而把真正有价值的文艺，当作"伤脑筋"的作品，不喜欢看它。

究竟我们应该怎样阅读小说呢?

一、选择

不经过一番选择,随便什么小说乱抓来看,这是最浪费时间,损害脑筋的。少年朋友有家长和老师指导你们——哪些书好,看了对你们有意义;哪些书不好,看了对你们有害处——你们应该遵循,不可存相反的心理:"他们不许我们看,我偏要看。"这是一般青少年的心理,即所谓好奇、唱反调,等到他们上了当之后,才知道:"不听老人言,吃亏在眼前。"

选择小说的标准:

1．主题是否正确?

2．文字通顺流利吗?

3．故事近人情吗? 能引起读者同情吗?

4．结构紧凑、有条理吗?

5．时代背景、社会背景表现得很显明吗?

6．人物性格描写、心理描写很突出、很深刻吗?

7．辞藻优美生动吗?

8．写作的技巧高明吗?

好了,写了这么多,也许少年朋友要嫌我噜

苏了。我是希望你们看一本书，就要有一本书的收获，不枉费你们的时间和精力，因为读一本好书，可以使我们的文章进步，思想正确，充满希望，有乐观进取的精神；反之，读一本灰色或者黄色的低级小说，会使人灰心、丧志、颓废，甚至走上自杀之路，首仙仙就是一个例子。她看过不少小说，可惜不懂得选择，也不知道批评。有人说她成熟太早，我认为家长和老师没有好好地指导她，这是个大原因。

二、写笔记

我从高小看世界短篇小说开始，便练习写笔记，到如今已有五十多年的历史了。每次看小说时，我的身边一定放着一支笔和一个本子，遇着好的句子，我把它抄下来欣赏，有的可以作为座右铭；有的也可以在自己的文章里引用。有些世界名著，翻译得很坏，句子往往长达五六十个字还不说，最糟糕的是文字不通。我国有一位翻译大家林纾（字琴南）先生，他不懂外文，全靠别人讲给他听，然后笔录下来，他一共译了一百多部，对于我国新文化有莫大的贡献。他用文言译作，因为文字流利，所以能吸引读者。

写笔记，也就是中学语文老师要大家写的读书报告，在这类题材里，主要的是要你平心静气地说说这本书的优点在哪里？缺点在哪里？使你感动的是什么地方？看完之后，你要静静地思考；最好和同学、朋友研究，听听他们的点评，也许有些好句子你没有留意，他们却发现了。俗语说："三个臭皮匠，赛过诸葛亮。"孔子说："三人行，必有我师焉。择其善者而从之，其不善者而改之。"我们读书也应该抱这种态度，一个人的见识有限，如果集合好几个人的意见，就可以由我们选择了。

我记得一九四三年在桂林见到巴金（他叫李芾甘，是我国有名的小说家，著有《春》《秋》《家》《灭亡》等），和他谈起他的小说来，他要我点评，我说："你的小说，什么都好，只是主题太消极，看多了，会有人去自杀的。"

"真有这么大的影响吗？"他表示怀疑。

"哼！说不定还会集体自杀呢！"

"那么我以后要改变作风，不再消极了！"

亲爱的少年朋友，你一定喜欢看小说，而且看了不少的小说，那么我问你：你曾经仔细分析过一篇或者一部作品的内容吗？经常写读后感吗？我希望你看的都是有益身心的书，都是健康的作品，不但对你的写作有帮助，而且会指引你走上光明、快乐、幸福的坦途。

可以写陌生的背景吗

勉之先生:

你九月十一日的信，由本刊编者转来很久了，只因眼疾未愈，我拖延到今天才答复你，非常抱歉！我想你如果知道两年来，我为"飞蚊症"所苦，一定会原谅的。

现在，我来回答你提出的三个问题:

一、南宫搏、高阳先生他们写历史小说，有的刚起步，有的已成名。我说要写亲身经历的题材，岂不与之矛盾？

其实，并不矛盾，写历史小说，我们自然无法回到那个朝代去，假使你想写北伐时代、抗战时代的故事，你没有参加过当时的工作，全部数据只有靠别人的传说以及报纸、书籍的记载，小说，多少情节和背景，都要靠想象来完成；但是你必须写你最熟悉的题材，不能露出马脚，要使读者看起来，有身历其境之感。好比明明是一个虚构的故事，由于作者的技巧高明，处处布置得天衣无缝，看的人就以为是真实的故事；否则写作技巧失败，真的故事也会变成假的，一点儿不能感动读者，更不要希望引起读者的共鸣了。

写历史小说，需要作者搜集更多的材料，并非要他们去体验那种生活，这是很明显的。

二、你说写小说"有时为着情节'风趣'或什么，而凭空'捏造'一点，倒也无妨。"

我没有说过写小说处处要凭"典故""钻牛角尖"，我不懂你说可以"捏造"是指什么？我是说写历史小说，应该百分之百地忠于史实，不可捏造，正如有人把李清照写成一个比娼妓还风骚、浪漫、下流的女人，这是侮辱了李清照，不知有多少人为李清照抱不平，像这种"捏造"，难道你赞成吗？你认为要这样描写，才有艺术价值吗？我想：

除了摇头说一声"黄"，是丝毫没有艺术价值的！

三、你说，拙作里面提到"处处都要亲身经历"，是万万不可能的，朋友，你误会了，我即使再糊涂，也不会糊涂到这种地步，难道我们写小偷，要自己也去做小偷吗？男作家写风尘女郎，你要他去变做女人之后再来写吗？我是赞成大仲马所说的："关于地理背景，我绝对不写我没有去过的地方。"

记得在马来亚[1]时，我曾经问过一位据他说到过台北的人，我问他："台北最热闹的区域是什么地方？"他回答："忘记了。""什么路上的书店最多？"他说："我没有去买书，所以不太清楚。""那么你住在什么街，总该知道吧？""中山东路！"他毫不犹豫地回答我。请问：由这句话，你说他究竟到过台北没有？

还有一个例子，我在北平前后住了六年，知道有府前街、府后街、府右街，脑海中总以为一定还有条府左街。后来有一天，忽然看到一则新

---

[1]　马来西亚西部地区，马来半岛南部。——编者注

闻，有人问一位站岗的警察："请问府左街在什么地方？"警察指路回答："北平只有府右街、府前街、府后街，没有府左街。"那人把警察一枪打死了，原来他是个强盗，要掩护他的同党通过这里，故意借问路来杀他。

假如我们以北平的背景写小说，说主角或者配角住在府左街，岂不闹笑话？

最后，你问可以写陌生的背景吗，我的答复是可以写，但有一个条件：必须写得像真的一样，使读者丝毫看不出破绽来，那么你的描写就算是成功了。

祝你努力！

怎样修改自己的文章

亲爱的同学们：

大家好。

收到杨松蔚同学来信，知道你们的刊物将要出版了，他希望我写几句话。

我想了好几天，也不知道应该说什么好。近来为了师大校庆，所有作文，各体文选习作都要参加展览，因此同学们忙于写小说，（我教三班小说习作）我也忙于修改。好，现在我就简单地谈几句关于修改文章的话吧。

我经常收到青年朋友来信，问我：要怎样才能使文章写得好？我回答他们：

第一，多读书；第二，使生活经验丰富；第三，多写；第四，仔细修改自己的文章。

现在就我的经验来谈谈修改文章：

首先，你要站在客观的角度来修改自己的文章。所谓客观，就是把你这篇文章，当作是别人写的，你尽量吹毛求疵找它的缺点。

第二，严格。你的脑子里，千万不要存着"文章是自己的好"这观念，你要舍得删改，遇到有不要的形容词，或者故事的结构不妥当，你可以整句整段，甚至整篇改写。我生平最佩服那些虚怀若谷的作家，像托尔斯泰一连七次修改他的《战争与和平》；果戈理为了朋友有睡午觉的习惯，听他朗诵小说时睡着了，他误会以为自己的文章不好，而把整部小说投进火炉。季薇先生老是谦虚，说他的文章写不好，其实他的散文比诗还美。还有梁实秋先生在《强迫出书》一文里，说他过去的文章，有些不能出书的，有两家书店不经他的同意，替他印出来，也不寄给他一本，真是太岂有此理了！我这里不是专谈这件事，而是佩服梁先生的雅量和谦虚。

第三，修改文章要朗诵，光只用眼睛看，

往往看不出错误来的，只有用口念，才发现"但是""不过""可是""了"字用得太多，或者应该写"呢"的也许写成了"吗"，应该写"了"的又写成"啦"……诸如此类问题，非朗诵不可，特别是剧本和诗，更要朗诵，才能体会出是否口语化，是否有诗意。

本来只想写几句问候语的，一下笔又快千言了，真是太噜苏。

好，真的不多写了，祝你们

精神活泼；

身体健康；

学业猛进！

从投稿谈起

兼答周智健先生：

　　我在《中国语文月刊》二十六卷三期上面，拜读了柯枫秋先生的《投稿与退稿》，非常钦佩！恰好桃园有位周智健先生前几天来信询问投稿的方法，索性也借本刊篇幅来做一个公开的答复，因为想要知道投稿方法的青年朋友们太多了。

　　要使文章写得好、有进步，投稿是一条最好的上进之路。平时你在课堂上的作文，只有老师或者少数同学看到，他们当着你的面，自然只有赞美，说一声"很好！很好！"，而编辑先生的眼光就不同了。因为这篇文章一经发表，就有几千几万人看到，假使不够水平，读者就会骂他："这样幼稚浅薄的作品，亏他能刊登出来！"因此编者取稿的原则：第一，要合乎刊物的性质；第二，内容充实，形式优美；第三，性质相同的作品，如果已经发表过的，就得考虑了。

编者退还你的稿，你决不能生气，应该从头至尾一字一句地朗诵一遍，可能发现里面有错字，重复的句子，重复的副词、形容词等，例如"可是""但是""但""然而"……往往太多，念起来很不舒服。

柯先生说，稿子被退回来，让它躺在抽屉里半年、一年，我以为时间未免太长了一点，一星期或半月就够了；重新改过几次以后，可以改投其他报纸副刊或杂志。

青年作家冯冯，在他还没有成名的时候，曾经向台北市的报纸副刊，投过几十篇稿，都遭到退还，他丝毫也不灰心，索性用英文写了向外国投稿。当他的《水牛的故事》在奥地利征文当选后，他的声名大噪，于是被退还的稿，又一篇篇地投了出去。这时他已成为国际知名的青年作家，再也没有人退他的稿了，于是《微笑》《微曦》……相继出版了。现在他正在加拿大进修，一面在当地邮局工作，一面学音乐、写长篇小说。冯冯是个再接再厉、刻苦奋斗、从来不灰心的好青年；否则，他绝不会有今天的成就。

现在，我再举两个例子：

菲律宾的名小说家康沙礼士，当他投稿的时候，因为家里很穷，买不起打字机，往往要跑到十几里地外的朋友家里去借；费了很多时间，改了又改，才打好一篇文章，怀着满腔热望地寄了出去，不到三天又被退回来了。但他从不灰心，接着又投到别的刊物上去，正所谓："他退他的稿，我投我的稿。"结果，他成功了！

…………

还有，法国的大作家巴尔扎克，也是一个经常投稿不见发表的作家。他想："这些编辑大概有眼无珠，看不起我的大作，我要自己办个印刷所来印我自己的书，不受他们的气了。"于是他向母亲要了钱来，买纸，买机器，没想到印刷所办成了，书也印出来了，竟没有一个人买。他自己买了六本送朋友。过了很多天去书局询问，还是他买的六本。当时他真是气晕了，但是回到家里仔细一想，一定是自己的文章有毛病；要不然，怎么没有读者呢？一定是我的文字太差，词不达意，内容空洞，一无可取，所以才不受欢迎，从此他下决心要把文章写好。几年之后，他的《人间喜剧》出版了，轰动了欧洲文坛。《高老头》《从妹贝德》等名著出版以后，他在文坛上的地位更高了。

还有很多例子，我也不必多举了。今天要奉劝青年朋友们的是：稿子不妨多写，写完不要急于寄出去，自己先多念几遍，看看有没有不通的句子？有没有错误的标点？有没有重复的字？寄走了，你就忘了这回事，千万不要急着天天看报，寻找自己那篇文章。有些人稿子寄走了，过了很久还没有消息，又急着抄一份寄到别处去，等到有一天两处都发表了，又要着急了，怕别人骂一稿两投，取消了稿费。其实，这是件很简单的事：如果你寄了回信邮票，编者不用就会退还的。

有人问我，投稿要不要写信呢？我的答复是：可以写，也可以不写。编者决不会因为你没有写信而忽略你的大作；写信时，可千万不要写错别字。记得三十年前，我在西安主编《黄河》，曾经有人写错我的名字，编"辑"写成编"缉"，"钧"鉴写成"钓"鉴，不登他的诗，就来信痛骂一顿，这都是没有学问、没有修养的表现。如果要给编者写信，千万不要啰苏，以简单明了为好。这里我且举两个例子：

其一　　主编先生：

寄上习作，不知能为贵刊补白否？如不能用，敬请赐还为感。此请

　　撰安。

　　　　　　　　　　　　学生○○○谨上

　　　　　　　　　　　　○年○月○日

其二　　主编先生：

奉上拙作，敬请斧正，如不能用，请付丙丁可也。此请

　　撰安。

　　　　　　　　　　　　　　○○○上

　　　　　　　　　　　　○年○月○日

第一个例子，是付了邮票的，希望退稿；第二个例子，是没有邮票，不希望退还的。不过，最好每篇文章都留底稿，将来你成了名作家之后，这些都是最宝贵的数据。

最后，还要特别说明一点：文章的内容一定要抄写清楚，不可写错字，如果编者一看你把最简单、常用的字都写错，他就没有兴趣仔细拜读你的大作了。

写稿? 离婚?

立人女士:

　　从文协的欢迎茶会回来, 收到你的限时信, 我读了一遍又一遍, 一连三次, 我都不忍释手。我忘记了做晚餐, 手里握着你的信, 坐在沙发上, 我竟像一个呆子, 不知要怎样回答你才好。我知道, 你是希望我快点给你答复的。而你又再三嘱咐我千万不要把你的信公开, 也不要写出你的真姓名, 感谢你对我的信赖, 你将一切真实的家庭生活告诉了我, 你要我为你解决一个大问题, 老实说这个问题, 恐怕连大法官也解决不了, 所谓"清官难断家务事", 何况我是一个大笨人。

立人女士，你现在处在不自由的环境里，连接信也不方便（因为你说，你的信，丈夫都要拆阅的）。我真希望有一天能和你见面，把我要对你说的话倾诉个痛快，在信上，老实说，有些话是不能尽情说出的，多少有些顾虑；何况写信根本没有当面倾谈来得自由、方便。

为了把握时间起见，先把你来信的要点提出来，然后写出我的意见。

你说：你的先生是一个月入千余元的小公务员，一家六口，实在很难维持生活，因此你才想到投稿，每月能收入五六百元，好贴补家用，有时为丈夫、儿女添几件新衣，有时给他们每天加一个鸡蛋。你是这么辛劳，在打发丈夫、儿女上班、上课之后，整理好家，洗完了衣服，就开始你的阅读与写作生活。

你说："这是我最快乐、最自由的时间，我可以看我高兴看的书，写我喜欢写的文章。可是问题发生了，一连三次我烧焦了菜，煮糊了饭，我把全副精神放在写文章上面，结果，脑子里忘记了厨房的事，我挨骂了，丈夫像法官审问犯人一般对付我，生来我就没有说谎的习惯；尤其这件事丈夫早已知道，也不容许我有别的理由解释。"

立人女士，看到这里，我已经猜出下文来了，用不着看完来信，就知道是怎么回事了，一定是你的先生不许你再写文章，要你放下笔，一心一意做个家庭主妇，做个模范的贤妻良母；而你呢？你舍不得放弃你的文艺生涯，你说：

"感谢文艺，它使我在苦闷、烦躁、空虚的环境里有了安慰，有了寄托。过去我在中学时代就爱上了文艺，而且也曾经在报纸副刊上投过稿，丈夫不是不知道，他和我结婚十五年了，我们有两男两女。起初十年，我们的生活虽然很苦，但我靠着写稿、车绣，也能负起一半责任。后来我觉得写稿比车绣的出路要大，所以将大部分时间，牺牲在填方格子里，我用过的笔名很多，在这里恕我不能告诉你。

"我的大女儿，常常在报纸上投稿，家庭版也是我投稿的地盘。她很懂事，每次当她的父亲对我发脾气的时候，总是帮着我，为我打抱不平……

"近来，外子[1]的脾气变得越来越古怪了，他不能看见我写稿，一看见就骂：'写！写！写！整天就只知道写，告诉你，你那个笨脑筋，下一辈子也不要想成为作家，你以为作家这么容易，随便在报纸、杂志上发表几篇似通非通的文章，就是作家吗？不要做梦了！台湾的女作家那么多，有些都像你一样幼稚浅薄……'

"先生，这一次我真发火了，和他大吵起来。他尽管骂我，但不应该牵扯到别的女作家，尤其不应该骂人家。我气极了，我回答他：'写文章总比出去打牌好吧？你如果讨一个整天打牌、好吃懒做的老婆，怎么办呢？''哼！怎么办？我早就和她离婚了！'

"现在到了最严重的阶段，仅仅因为他不许我写文章，就提出了离婚的条件。他说：'你要完全听我的话，做一个安守本分的好主妇，放下你的笔；要不然，你先和我离婚。'冰莹先生，请你回答我，处在这种情形之下，我应该怎样处理我的生活？是继

---

[1] 外子：旧时向别人介绍自己的老公有的说"外子"。——编者注

续写我的文章呢，还是真的和他离婚呢？"

立人女士，看到这里，我不觉笑起来，我以为你的先生太小题大做了，写文章又不是交男朋友，根本不妨碍你们的爱情，不妨碍你们的家庭生活，怎么会和离婚扯在一起呢？他的理由是你写文章耽误了家事；自然，最大的理由是你把饭煮糊了，菜烧焦了，老实说，我也有过好几次这样的经历，也曾挨过骂，但我没有你的严重。在这里，我顺便告诉你另外一位朋友的遭遇：她没有生育过，家里只有她和丈夫两人，丈夫上班之后，她就在家看书、写稿子，照理，他们应该过得很好；没想到先生不赞成太太写文章，理由是"乱世文章不值钱"，即使有一天成为作家，也没有什么意思。他希望妻子做一个纯粹的家庭主妇，一点儿社交活动也不许她参加，结果两人由小吵而大闹，由大闹终于分居了！朋友们都替他们感到难受，认为他们是最理想的一对，不愁吃，不愁穿，又没有儿女的拖累，谁知也发生了悲剧，可见俗语说的"家家有本难念的经"真是一点儿不错。

这故事并没有完，三个月之后，他们又和好

如初，破镜重圆了。丈夫一个人过日子，觉得太单调、太无聊，忙了一天回来，还要自己烧饭吃，未免太辛苦了，于是他主动地去请太太回来；而太太的条件是："回来可以，但此后不许干涉我写文章。"

丈夫答应了，太太也就高高兴兴地回来了。

关于你的问题，我想还没有到他们的严重阶段。

第一步，你应该好好地用婉言向他解释，写文章并不是坏事，是件好事，非但可以增加收入，而且可以陶冶性情，增长学识。

第二步，你把稿费存起来，有了相当数目的时候，可以买个电饭锅，就不会把饭煮糊或烧焦了，何况饭上还可蒸菜、蒸蛋呢。

第三步，千万不要在他下班之后写稿。因为他办了一整天公，希望回来得点家庭的温暖、妻儿的安慰。孩子们吃完饭，也许做功课去了，只有你这时能陪他聊聊或者下几盘棋；假若吃完饭，你只顾埋头写作，也不和他说一句话，自然会引起他的反感，怪不得他要你放弃笔杆了。

第四步，他假若喜欢抽烟、喝酒的话，你拿到了稿费，不妨送几包烟给他抽，买几瓶酒给他喝，以他最喜爱的来收买他的心，也许可以消减他一点愤怒。

立人女士，老实说，我是不赞成你们离婚的，你们的孩子这么多，怎么可以轻言离婚呢？没有父母的孩子，是多么可怜啊！不论孩子归你带，或者由他抚养，失去了母爱或者父爱任何一方面，都是不幸的！立人女士，千万不要胡思乱想了，没有经历过离婚的人，是绝对不会了解其中的痛苦滋味的。

你问我要怎样才能使你丈夫不骂你，不反对你写文章，我想：唯一的方法，是当他不在家的时候，你就拼命写文章；他回来了，你就像只小猫似的偎依在他的身旁，多做家事，少摸书本；多爱护小孩、管教小孩，把家布置得干干净净，井井有条，这么一来，他还有什么可骂的呢？万一他还要无理取闹，你就不要再软弱了，如果你百依百顺，完全没有你的主张，一切服从他，随他怎么骂、怎么欺负你，你丝毫也不反抗，那么他就会得寸进尺地压迫你了！

我认识一个朋友，她是天下的第一等好人，丈夫刚好和她相反，自私自利，一点儿也不顾家。

三个孩子，完全靠太太做工来维持生活，他是个无业游民，好吃懒做，喜欢吹牛，旁观者都替她抱不平，但她一点儿也不后悔，她说："这是我前世欠他的，这一辈子应该还他，我再苦十年就熬出来了。"她的性情特别温柔，也很达观，我们都佩服她。每天她喝稀饭，啃两个硬馒头，吃点咸菜；却为丈夫、儿女买鱼、买肉，一部破缝纫机，通夜哒哒哒地为他人作嫁衣裳，自己骨瘦如柴，丈夫、儿女吃得又白又胖。朋友，她真是位伟大的女性，有充分的牺牲精神。

我上面举了两个例子，无非劝你忍耐，不要难过，更不可灰心丧志！看在孩子们的分上，你要忍受目前的艰难痛苦，特别是你先生的气，你要默默地吞下肚里去，不可和他吵闹。我不赞成你放弃写作，因为凡事熟能生巧，你经常写，文思会源源而来，下笔千言，毫无困难；倘若你隔了一年半载之后，再从事写作，那支笔不知有多么重，写出来的句子也会生硬干涩，我不但劝你不要放弃写作，而且要奉劝你扩大写作题材的范围。社会上不知有多少不如我们的人，他们在生存线上挣扎，我们要写出他们的遭遇，忘记自己的痛苦，人活在世上，只有短短的数十寒暑，我们总要多替社会做点事情，才不枉来人间一趟。从你的来信中，可以看出你是个最善良、最富于感情、最热爱国家和民族的女性，你不能放下笔，好容易走上了这条艰巨的写作之路，只有更英勇、大踏步地走上前去，岂有开倒车之理？

有时我也真替我们女人感到悲哀，要是自己的丈夫是作家，太太一定会好好侍候他，让他安心地去写，决不会责备他，更不会用离婚做条件禁止丈夫写文章；然而反过来，就不同了，太太写稿，丈夫就要和她离婚，这真是天下的奇闻，古今所没有的。

说了这许多，想来你一定明白了，我劝你千万不要和你的先生吵架。所谓大智若愚，他发脾气时，你千万不要去顶撞他；等到他恢复原态时，你再轻言细语地把你要解释或要他反省的话说出来，这样，两人没有冲突，也就没有烦恼了。

这封信我写了又停，停了又写，我有许多重复的话，我相信你会看出我的一片苦心来。古语说："家和万事兴。"一个融融泄泄的家庭是一团和气，没有争吵的，请你拿出纯真的爱来爱你的丈夫和你的儿女；还要爱朋友、爱邻居、爱国家和民族、爱全世界善良的人们。

我常说，我们这一代的人，是牺牲品，从小我就看到过战争的残酷……后来又经过北伐、抗战、戡乱，一直到今天，我们不都是在逃难吗？

说这一段话的意思，是劝你凡事要想得开、想得远，不要老把自己的不幸放在心中；而要多替别人想想，多想想祖国的苦难，真的，个人的一点点不如意，又算得什么呢？

夜深了，我的眼睛已模糊不清，头也有点晕，明天一大早就有课，朋友，再谈吧。愿你忍耐，坚强！

图书在版编目（CIP）数据

绿窗寄语／谢冰莹著.—成都：天地出版社，2022.1
ISBN 978-7-5455-6635-2

Ⅰ.①绿… Ⅱ.①谢… Ⅲ.①散文集—中国—当代
Ⅳ.①I267

中国版本图书馆CIP数据核字（2021）第214770号

本书经三民书局股份有限公司授权，同意由北京华夏盛轩图书有限公司
及天地出版社在中国大陆地区（香港、澳门及台湾除外）出版中文简体
字版本。非经书面同意，不得以任何形式任意重制、转载。

著作权登记号　图字：21-2020-104

LÜ CHUANG JIYU

绿窗寄语

出 品 人	杨　政
作 　 者	谢冰莹
责任编辑	张秋红
装帧设计	挺有文化
责任印制	王学锋

出版发行	天地出版社
	（成都市槐树街2号 邮政编码：610014）
	（北京市方庄芳群园3区3号 邮政编码：100078）
网　　址	http://www.tiandiph.com
电子邮箱	tianditg@163.com
经　　销	新华文轩出版传媒股份有限公司

印　　刷	天津融正印刷有限公司
版　　次	2022年1月第1版
印　　次	2022年1月第1次印刷
开　　本	787mm×1092mm 1/32
印　　张	7
字　　数	180千字
定　　价	49.80元
书　　号	ISBN 978-7-5455-6635-2